westermann

Arbeitsheft

Praxis Sprache 9

Oberschule Sachsen

Herausgegeben von Wolfgang Menzel

Erarbeitet von Cindy Bittner
Stefanie Fröhlich
Regina Nußbaum
Anett Pollack
Ursula Sassen

mit Beiträgen von Wolfgang Menzel

Illustriert von Konrad Eyferth

Vorbereiten. Organisieren. Durchführen.
BiBox ist das umfassende Digitalpaket zu diesem Lehrwerk mit zahlreichen Materialien und dem digitalen Schulbuch. Für Lehrkräfte und für Schülerinnen und Schüler sind verschiedene Lizenzen verfügbar. Nähere Informationen unter **www.bibox.schule**

Diagnostizieren. Fördern. Evaluieren.
Die OnlineDiagnose zu diesem Lehrwerk testet die wichtigsten Kompetenzen und erstellt individuelle Fördermaterialien und Arbeitshefte zum Downloaden oder Bestellen. Nähere Informationen unter **www.onlinediagnose.de**

Redaktion: Regina Nußbaum
Typographisches Konzept: Janssen Kahlert Design & Kommunikation GmbH
Layout: Druckreif! Sandra Grünberg, Braunschweig
Umschlaggestaltung: Janssen Kahlert Design & Kommunikation GmbH
Druck und Bindung: Westermann Druck GmbH, Georg-Westermann-Allee 66, 38104 Braunschweig

Das Arbeitsheft ist in zwei Varianten erhältlich.

Arbeitsheft
ISBN 978-3-14-**101953**-7
Druck A[1] / Jahr 2024

Arbeitsheft mit interaktiven Übungen
ISBN 978-3-14-**145103**-0
Druck A[1] / Jahr 2024

Alle Drucke der Serie A sind im Unterricht parallel verwendbar.

Inhalt

Auf Fehlersuche: Ein Bewerbungsschreiben korrigieren

1 In das folgende Anschreiben haben sich unterschiedliche **Fehler** eingeschlichen. Wie viele Fehler kannst du beim ersten Lesen entdecken? Streiche die Textstellen und Wörter an, wo es etwas zu berichtigen, zu ändern oder zu ergänzen gibt.

Lisanne Schneider
Schulstraße 24
08236 Ellefeld
Tel.: 05823 7654321
E-Mail: lissybärchen@mail.de

Frischemärkte Müller
Frau Marion Funke
Am Anger 12
08228 Rodewisch

26 September 2024

Bewerbung um einen Ausbildungsplatz als Kauffrau im Einzelhandel zum 01. 08. 2025.

Sehr geehrte Damen und Herren,

unser Telefongespräch von gestern hat mein Interesse an dem aktuellen Ausbildungsangebot auf Ihrer Homepage verstärkt. Die abwechslungsreiche Arbeit in ein Team und den Kontakt zu Kunden finde ich spannend. Wichtig ist mir, dass ich in Ihrem großen und modernen Markt eine fundierte Ausbildung in allen wichtigen Aufgabenfelder einer Kauffrau im Einzelhandel erhalten können. Deshalb bewerbe ich mich bei Ihnen um einen Ausbildungsplatz.

Sie suchen Auszubildene mit guten Kommunikationsfähigkeiten, freundlichen Umgangsformen und Interesse am Verkauf. Diese persönlichen Stärken bringe ich mit, wie sie aus dem Praktikumszeugnis im Anhang ersehen können. Man bescheinigt mir, dass ich im Kundenkontakt höflich und zuvorkommend bin und gerne auf Menschen zugehe. Im Praktikum hat es mir immer große Freude gemacht wenn ich Kunden im Gespräch beraten und ihnen helfen konnte. Ich arbeite gern im Team und mag die vielen verschiedenen organisatorischen Aufgaben, die Einzelhandelskaufleute zu erledigen haben. Mein Berufswunsch hat sich durch das Schülerpraktikum im Biomarkt in Auerbach gefestigt. Dort konnte ich erste Einblicke in verschiedene Tätigkeitsbereiche des Lebensmittelhandels gewinnen und habe Gefallen an den Aufgaben gefunden. Unter anderem habe ich Waren ausgezeichnet, Regale aufgefüllt und Lieferungen überprüft und fachgerecht gelagert.

Zurzeit bin ich 15 Jahre alt und werde die Schule im Juli 2025 erfolgreich mit dem Hauptschulabschluss beenden. Als schulischen Schwerpunkt habe ich das Profil Gesundheit und Soziales belegt, weil mich interessiert besonders der Bereich Ernährung und Hauswirtschaft.

Ich freue mich sehr auf eine Einladung zu einem persönlichen Gespräch.

Mit freundlichen Grüßen

Lisanne

Anlagen
Lebenslauf mit Foto
letztes Schulzeugnis

Es ist nicht einfach, in einem solch komplexen Text wirklich alle Fehler zu finden. Aber ganz besonders schwierig ist es, in eigenen Texten die Schwachstellen zu entdecken. Deshalb sollten wichtige Texte, wie Bewerbungsunterlagen, mehrfach von verschiedenen Personen Korrektur gelesen werden.

2 Überprüfe den Text nun mithilfe der folgenden **Hinweise**.
- Welche Fehler konntest du identifizieren und welche hast du bei der ersten Durchsicht noch übersehen?
- Schreibe die entsprechenden Wörter oder Textstellen korrigiert auf.

Hinweise zur Fehlersuche

a) Diese E-Mail-Adresse ist nur für private Zwecke geeignet. Wie könnte eine berufliche lauten?

___

b) Bei der Datumsangabe fehlt ein Punkt.

___

c) In der Betreffzeile steht ein Satzzeichen zu viel und es wurden zu viele Leerzeichen eingefügt.

___

d) Diese Anredeform ist zu unpersönlich.

___

e) Im ersten Absatz gibt es drei Grammatikfehler.

___

f) Im zweiten Absatz gibt es zwei Rechtschreibfehler und einen Kommafehler.

___

g) Im dritten Absatz stimmt die Stellung der Satzglieder im Nebensatz nicht.

___

___

h) Die Unterschrift ist unvollständig.

___

i) Eine wichtige Anlage wird nicht aufgelistet. Lies dazu gegebenenfalls im zweiten Absatz nach.

___

Sich auf ein Ausbildungsangebot bewerben

1 Lies die folgende Anzeige aus einer Online-Lehrstellenbörse aufmerksam.
Markiere die Berufsbezeichnung, den Ort und Beginn der Ausbildung sowie die Kontaktdaten.

Ausbildungstelle	**Pharmazeutisch-kaufmännischer Angestellter (m/w/d)**
Ort	Wildhagen
Schulabschluss	Mittlerer Abschluss oder vergleichbar
Beginn	01. August 2025
freie Plätze	2
Stellen-beschreibung	Das Team der Ratsapotheke braucht Verstärkung! Wir suchen motivierte, engagierte und verantwortungsbewusste Auszubildende zum / zur Pharmazeutisch-kaufmännischen Angestellten. ***Deine Aufgaben …*** • Abrechnung von Apothekenleistungen • Pflege des Arzneimittelbestandes • Kontrolle von Lieferungen • fachgerechte Lagerung von Chemikalien • Beratung der Kunden beim Verkauf von frei verkäuflichen Medikamenten und anderen Waren ***Was du mitbringen solltest …*** • Sekundarabschluss I – Realschulabschluss mit befriedigenden bis guten Leistungen in Deutsch, Mathematik und Chemie • grundlegende PC-Kenntnisse • Interesse an Logistik / Warenwirtschaft • Zuverlässigkeit, Sorgfalt, Selbstständigkeit ***Das bieten wir dir …*** • eine umfassende Ausbildung in allen wesentlichen Aufgabenfeldern • freundliche Arbeitsräume mit moderner Ausstattung • die Mitarbeit in einem sympathischen Team • eine faire Ausbildungsvergütung ***Interesse geweckt?*** Dann sende uns deine vollständigen Bewerbungsunterlagen per Post oder E-Mail zu. ***Kontakt*** Rüdiger Thiel, Ratsapotheke, Marktstraße 5, 12345 Wildhagen Tel.: 0987 / 6543210; E-Mail: rüdiger.thiel@ratsapotheke.de

2 Was findest du an diesem Ausbildungsangebot besonders positiv? Notiere Stichwörter.

3 Markiere in dem Angebot die erwarteten **Schlüsselqualifikationen** und **Fähigkeiten**.

4 Überlege: Welche Erfahrungen kann man bei einem Schulpraktikum, z. B. im Einzelhandel, sammeln, die sich zur Begründung dieses Berufswunsches eignen? Notiere dir Stichwörter.

5 Notiere, welche Unterlagen zu der geforderten **vollständigen Bewerbung** gehören.

6 Verfasse nun selbst ein **Anschreiben**.
- Stell dir vor, dass der Ort Wildhagen ganz in deiner Nähe liegt und du dich um die Ausbildungsstelle in der Ratsapotheke bewirbst.
- Fülle zunächst den **Briefkopf** aus und formuliere eine **Betreffzeile**.

Tel.:

Mail:

Bewerbung

7 Schreibe den **Brieftext** auf der nächsten Seite weiter.
- Gehe dabei auf die in der Anzeige genannten **Anforderungen** und **Angebote** ein und begründe deine Berufswahl.
- Denke an deine **Unterschrift** und liste ganz zum Schluss die **Anlagen** auf.

Sehr geehrter ______________________________,

mit großem Interesse habe ich ______________________________

______________________________.

Wichtig ist mir, dass ______________________________

______________________________.

Deshalb bewerbe ich mich ______________________________

______________________________.

Sie suchen Auszubildende, die ______________________________

______________________________.

Diese persönlichen Stärken ______________________________

____

______________________________.

Gefestigt wurde mein Berufswunsch durch ______________________________

____

____

____

____

____

____

Zurzeit bin ich ____ *Jahre alt und besuche* ______________________________

______________________________ *. Meine Schulausbildung werde*

ich im ______________________________

______________________________.

Ich freue mich auf ______________________________.

Mit ______________________________

____

Anlagen

____

____

____

Sich bewerben: Das Motivationsschreiben

Das Motivationsschreiben kann man Bewerbungen beifügen, die über ein Online-Formular eingereicht werden. Man kann es aber auch als freiwillige Extra-Seite einer klassischen Bewerbung hinzufügen, die du per Post oder E-Mail versendest.
Mit solch einem Motivationsschreiben kann man sich von anderen abheben, indem du beispielsweise erläuterst, welche Erfahrungen dir gezeigt haben, dass ein bestimmter Ausbildungsberuf und Ausbildungsbetrieb zu dir passen – und warum du umgekehrt davon überzeugt bist, dass gerade **du** für die Firma die oder der passende Auszubildende bist. Dabei kannst du von Gesprächen mit Fachleuten berichten oder von Erfahrungen, die du in deinen Praktika, beim Jobben oder etwa bei einer ehrenamtlichen Tätigkeit in einem Verein gemacht hast.
Keine Sorge, dein Text darf kurz sein. – Etwa 15 Zeilen sollten reichen, um deine Botschaft auf den Punkt zu bringen.

Das spricht für mich:

Ich bin von dem Beruf „Gestalter für visuelles Marketing“ sehr begeistert, denn ich habe bereits verschiedene Praktika in dem Bereich gemacht und kenne daher die Anforderungen und Tätigkeiten.
Eine Betriebserkundung mit der Schule in Ihrem Betrieb hat mich dann davon überzeugt, dass ich meine Ausbildung bei Ihnen beginnen möchte.
Mein handwerkliches Geschick und meine Kreativität konnte ich in der Schule in den Fächern Kunst und WTH unter Beweis stellen, aber auch bei meinen ehrenamtlichen Tätigkeiten für unseren örtlichen Karnevalsverein.

Gerne möchte ich diese Eigenschaften bei meiner Ausbildung in Ihrer Firma einsetzen und weiterentwickeln.

Ich freue mich darauf.

Burgdorf, 26.09.2024

Mateo Ortega

1 Versetze dich in die Rolle eines Personalchefs, einer Personalchefin.
Welche Pluspunkte kann der Bewerber mit seinem Motivationsschreiben bei dir sammeln?

____

____

____

2 Mit welchen Erfahrungen und persönlichen Stärken argumentiert der Bewerber?

____

____

____

3 Notiere Formulierungen, die auf das persönliche und das emotionale Engagement des Bewerbers hinweisen.

4 Weitere mögliche Überschriften für ein Motivationsschreiben sind z. B.:
Meine Motivation – Ich über mich – Zu meiner Person –
Was Sie sonst noch über mich wissen sollten
Schreibe eine Überschrift auf, die dir gefallen könnte.

5 Welche Text- und Gestaltungselemente weist der Text auf Seite 9 außer der Überschrift noch auf?

6 Verfasse ein eigenes **Motivationsschreiben** zu einer von dir bevorzugten Ausbildungsstelle.
Dazu kannst du das Muster auf Seite 9 nutzen – oder aber auch eigene kreative Ideen entwickeln.

In Bewerbungsgesprächen geschickt antworten

In einem Bewerbungsgespräch solltest du die gestellten Fragen für dich nutzen: Liefere also in den Antworten wichtige Argumente, die für **deine** Einstellung sprechen. Natürlich sollte man eine Frage nicht einfach nur mit „ja“, „nein“ oder mit einem kurzen Satz beantworten. Stattdessen solltest du die Antwort als Chance nutzen, um eine Botschaft zu vermitteln, mit der du möglichst viele Pluspunkte für deine Bewerbung sammeln kannst.

1 Stell dir vor: In einem Bewerbungsgespräch um eine Ausbildungsstelle in deinem Wunschberuf werden dir u. a. die **Fragen 1** bis **5** gestellt.

- Notiere hier zunächst deinen Wunschberuf: ______________________________

- Lies dann die **fünf Fragen** und den **WORTSCHATZ: TEXTBAUSTEINE** für die Antworten.

WORTSCHATZ: TEXTBAUSTEINE

1. Warum haben Sie sich auf unser Ausbildungsangebot beworben?

Ihre Stellenbeschreibung hat mich sofort …
Zum einen entsprechen die Aufgaben einer / eines… genau dem, was ich …
Zum anderen erfülle ich Ihre Anforderungen …
Außerdem habe ich / bin ich …

2. Was erwarten Sie sich von uns als Ausbildungsbetrieb?

Auf Ihrer Homepage habe ich mich über Ihren Betrieb und eine Ausbildung bei Ihnen informiert. Das hat mich in meinem Wunsch bestärkt, …
An der Ausbildung in Ihrem Betrieb gefällt mir ganz besonders, …
Sehr interessant finde ich auch …

3. Worin liegen Ihre Stärken, was sind Ihre Schwächen?

In meinem Betriebspraktikum bei / in … ist es mir schnell gelungen …
Deshalb würde ich … und … zu meinen Stärken zählen.
Leider bin ich manchmal noch ein wenig …, vor allem wenn …
Aber ich arbeite daran, …

4. Wie verbringen Sie Ihre Freizeit am liebsten?

In meiner Freizeit möchte ich mich in erster Linie …
Das kann ich am besten zum Beispiel beim / mit …
Dadurch bekomme ich den Kopf frei.
Gern bin ich auch …

5. Warum sollten wir uns gerade für Sie entscheiden?

… ist mein Wunschberuf.
Mein Berufswunsch wurde gefestigt durch …
Neben einer großen Motivation bringe ich wichtige Fähigkeiten mit, wie zum Beispiel …
Darüber hinaus verfüge ich auch über gute Kenntnisse in …
Im Arbeitsalltag als … werden mir auch Erfahrungen zugutekommen, die ich bei / beim / während … gewonnen habe.

2 Führe nun ein Bewerbungsgespräch mit einem Partner / einer Partnerin: Einer fragt, der andere antwortet und nutzt dabei den **WORTSCHATZ: TEXTBAUSTEINE** für die Antworten. Danach werden die Rollen getauscht.

Materialien für eine Facharbeit auswerten – Informationen exzerpieren

Materialien auswerten

Wenn man für das Thema der eigenen Facharbeit verschiedene Materialien recherchiert hat, ist es wichtig, diese Materialien noch einmal zu lesen. Dabei kann man sie danach ordnen, welche Informationen sie jeweils zu den verschiedenen Teilthemen bzw. Teilfragen beinhalten.

1 Der folgende Text enthält Informationen zum Begriff „Nachhaltigkeit“. Lies dir den Text zunächst in Ruhe durch.

Deutscher Bundestag

Abgeordnete Parlament Ausschüsse Internationales Dokumente Mediathek Presse Besuch Service

Startseite | **Ausschüsse** | weitere Gremien | Parlamentarischer Beirat für nachhaltige Entwicklung | Der Beirat stellt sich vor

Ausschüsse

Was ist Nachhaltigkeit? (Text verändert)

Nachhaltigkeit – Verantwortung und Verpflichtung für Gegenwart und Zukunft

Nachhaltigkeit, was ist das eigentlich? Der Grundgedanke der Nachhaltigkeit: Wir dürfen nicht heute auf Kosten von morgen leben! Wir sollen nicht mehr verbrauchen, als künftig wieder bereitgestellt werden kann.

Der Begriff und die Idee der Nachhaltigkeit wurden bereits im 18. Jahrhundert in der Forstwirtschaft geprägt: nur so viel Holz abschlagen, wie auch nachwachsen kann. So ist dafür gesorgt, dass der Wald für die zukünftige Nutzung zur Verfügung steht und auf Dauer seinen Wert behält. Diese Überzeugung hat sich später aus dem forstwirtschaftlichen Kontext gelöst, weiterentwickelt und Eingang in die Wissenschaft gefunden.

Nachhaltigkeit wird dabei als „ethisches Prinzip“ verstanden, das als Querschnittsthema eine ganzheitliche Betrachtung von gesellschaftlichen Herausforderungen einfordert. Dabei wird die Verantwortung für die heute lebenden Menschen mit der Verantwortung für zukünftige Generationen verbunden. Sie gilt jedoch nicht nur für die Politik, sondern auch für das Handeln eines jeden Einzelnen. Nachhaltigkeit beschränkt sich nicht einzig auf den Umwelt- und Naturschutz, sondern beschäftigt sich auch mit den Themenfeldern Ökologie, Ökonomie und Soziales.

Eine Definition enthält der Bericht „Unsere gemeinsame Zukunft“ der Brundtlandt-Kommission der Vereinten Nationen aus dem Jahr 1987. Nachhaltig sei eine gesellschaftliche Entwicklung nur dann, wenn sie „den Bedürfnissen der heutigen Generation entspricht, ohne die Möglichkeiten künftiger Generationen zu gefährden, ihre eigenen Bedürfnisse zu befriedigen und ihren Lebensstil zu wählen.“ […]

2 Markiere in dem Text die Stellen, die zu den folgenden Teilthemen Informationen beinhalten. Nutze dafür unterschiedliche Farben.

a) Definition und Kernideen von Nachhaltigkeit

b) Bereiche, in denen Nachhaltigkeit wichtig ist

3 Lies den folgenden Text aus dem Positionspapier **„Nachhaltigkeit im deutschen Handwerk“**.

Werte erschaffen. Werte bewahren. Zukunft gestalten.

Nachhaltigkeit im deutschen Handwerk (Text verändert)

Das deutsche Handwerk ist stolz auf seine lange Nachhaltigkeitstradition. Nachhaltiges Handeln ist für uns kein Trend, sondern ein über Jahrhunderte gewachsener und bestimmender Bestandteil unserer Identität und Werte. Das deutsche Handwerk lebt Nachhaltigkeit jeden Tag – aus tiefer Überzeugung.

Nachhaltigkeit im Handwerk hat viele Dimensionen. Handwerkerinnen und Handwerker reparieren und restaurieren. Sie erschaffen und bewahren dauerhaft Werte. Sie achten auf einen sparsamen Materialeinsatz und schonen Ressourcen, wo immer es geht.

Betriebsinhaberinnen und Betriebsinhaber handeln in dem Wissen, dass sie ihren Betrieb eines Tages an die nächste Handwerkergeneration übergeben werden – und sorgen entsprechend vor. Meisterinnen und Meister bilden aus und geben wertvolles Wissen an junge Menschen weiter. Sie sorgen für die Fachkräfte von morgen und sichern über den Wissenstransfer ankommenden Generationen den Erhalt wichtiger Kultur- und Fertigungstechniken. [...]

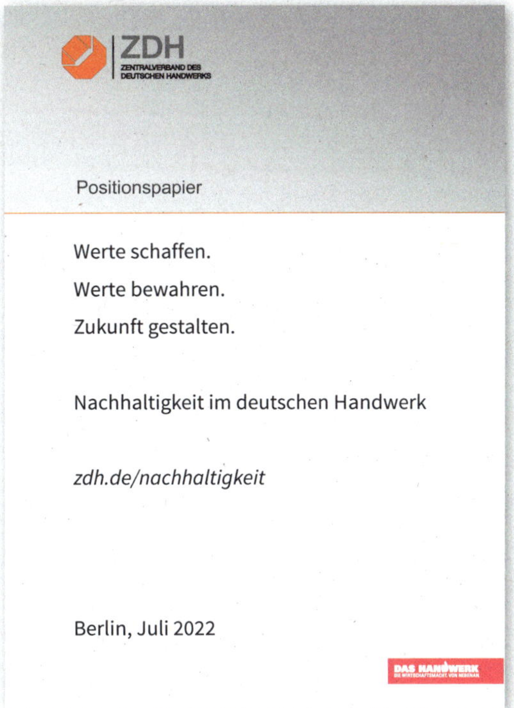
Positionspapier

Werte schaffen.
Werte bewahren.
Zukunft gestalten.

Nachhaltigkeit im deutschen Handwerk

zdh.de/nachhaltigkeit

Berlin, Juli 2022

Nachhaltiges Handeln und wirtschaftlicher Erfolg sind für das deutsche Handwerk keine Gegensätze. Beides gehört für uns untrennbar zusammen. Die Gesellschaft steht vor Herausforderungen – das Handwerk findet und bietet Lösungen, gerade beim Thema Nachhaltigkeit: Ohne Handwerk kein Smart Home, keine Energiewende, kein Klimaschutz und keine modernen Mobilitätstechniken. Nachhaltigkeit ist für das Handwerk gesellschaftliche Verpflichtung und zugleich auch unternehmerische Chance.

Das Handwerk ist dafür gut aufgestellt. Handwerk ist modern, innovativ und aufgeschlossen. Es steht für die Verbindung von Tradition mit Zukunft. Es erfindet sich mit zukunftsfähigen Geschäftsmodellen ständig neu und setzt auf Fachkräfte, die es für nachhaltiges Wirtschaften braucht.

4 Kreuze die beiden Teilthemen an, zu denen der Text Informationen liefert:

- ☐ Beispiele für nachhaltiges Handeln und Wirtschaften
- ☐ Definition und Kernideen von Nachhaltigkeit
- ☐ verschiedene Meinungen zu Nachhaltigkeit
- ☐ Voraussetzungen für nachhaltiges Handeln und Wirtschaften

5 Markiere nun auch in diesem Text die Informationen zu den beiden Teilthemen mit zwei verschiedenen Farben.

6 Welche Informationen aus beiden Texten würdest **du** für das Teilkapitel zu „Nachhaltigkeit im Uhrmacherhandwerk" in einer Facharbeit nutzen?
Was ist Nachhaltigkeit? Notiere die Informationen stichpunktartig in einer sinnvollen Reihenfolge.

____

____

____

____

____

____

7 Lies im folgenden Infokasten noch einmal aufmerksam nach, was ein **Exzerpt** ist.

INFO

Das Exzerpt

Das Exzerpt ist eine Möglichkeit, um aus Texten die relevanten Informationen zu einem bestimmten Thema zu sammeln und zu sichern. Dafür werden diese Informationen übersichtlich geordnet und stichpunktartig festgehalten. Zusätzlich vermerkt man jeweils die Quelle, aus der man die Informationen entnommen hat.

8 Exzerpiere aus den beiden Texten von Seite 12 und 13 die wichtigsten Informationen zu den Teilthemen.

Exzerpt: „Was ist Nachhaltigkeit?"

Quelle: https://www.bundestag.de/ausschuesse/weitere_gremien/pbne/vorstellung/was-ist-nachhaltigkeit-890694

Aspekt / Teilthema	Aussage oder Zitat
Definition und Kernideen	*– „nicht heute auf Kosten von morgen leben"*
Bereiche für Nachhaltigkeit	*– Umwelt und Natur*

Exzerpt: „Positionspapier Nachhaltigkeit im deutschen Handwerk"

Quelle: Zentralverband des deutschen Handwerks: Positionspapier Nachhaltigkeit im deutschen Handwerk, Juli 2020.

Aspekt / Teilthema	Aussage oder Zitat
Beispiele für nachhaltiges Handeln und Wirtschaften	*– Dinge reparieren und restaurieren*
Voraussetzungen für nachhaltiges Handeln und Wirtschaften	*– Nachhaltigkeit nicht als „Trend", sondern aus „tiefer Überzeugung" leben*

Arbeitstechnik: Direktes und indirektes Zitieren

1 Lies zunächst noch einmal, wie man die Informationen aus anderen Texten durch direktes oder indirektes Zitieren so in den eigenen Text übernimmt, dass man kein Plagiat begeht.

INFO

Indirektes und direktes Zitieren

Wenn du Informationen aus anderen Texten in deinen Text integrierst, musst du diese übernommenen Gedanken von deinen eigenen Gedanken abgrenzen. Das geschieht durch **indirektes** und **direktes Zitieren** unter Verwendung von **Begleitsätzen** und **Quellennachweisen**.

Erklärung	Beispiel
Beim **indirekten Zitieren** gibt man die Informationen aus anderen Texten in eigenen Worten wieder, d. h. man schreibt sie sinngemäß um. Der Redebegleitsatz steht zumeist vor oder nach dem indirekten Zitat. Den Quellennachweis für indirekt zitierte Passagen beginnt man mit „vgl." (vergleiche) oder auch „s." (siehe). Er kann direkt im Text (Harvard-Zitation) oder als Fußnote angefügt werden.	Das deutsche Handwerk ist von Nachhaltigkeit überzeugt, hebt der Zentralverband des deutschen Handwerks in seinem Positionspapier hervor (vgl. Zentralverband des deutschen Handwerks 2020)
Beim **direkten Zitieren** werden Äußerungen oder besonders wichtige bzw. aussagekräftige Textstellen wortwörtlich in den eigenen Text eingebettet. Zitate werden durch Anführungszeichen gekennzeichnet. Auslassungen oder Ergänzungen werden durch [...] deutlich gemacht. Der Redebegleitsatz steht zumeist vor oder nach dem Zitat. Der Quellennachweis für direkt zitierte Passagen beginnt mit dem Namen des Autors / der Autorin. Er kann direkt im Text (Harvard-Zitation) oder als Fußnote angefügt werden.	Der Zentralverband des deutschen Handwerks betont: „Das deutsche Handwerk lebt Nachhaltigkeit jeden Tag – aus tiefer Überzeugung."[1] [1] Zentralverband des deutschen Handwerks: Positionspapier Nachhaltigkeit im deutschen Handwerk, Juli 2020.

Tipp:
Wenn dieselbe Quelle mehrfach hintereinander verwendet wird, kann man die Abkürzung „vgl. ebd. / „ebd." (ebenda) nutzen. So muss man die Quelle nicht mehrfach ausschreiben, z. B.: *Außerdem ist Müller der Meinung, dass ... (vgl. ebd.: 13)*

2 Unterstreiche in den folgenden Beispielsätzen die direkten oder indirekten Zitate rot, die Redebegleitsätze grün, die Quellenangabe blau und die eigenen Gedanken schwarz.

Beständig liest und hört man, dass die Menschheit nachhaltiger leben soll. Aber was bedeutet Nachhaltigeit überhaupt? Der deutsche Bundestag gibt als Grundgedanken an, dass man „nicht heute auf Kosten von morgen leben" darf (Deutscher Bundestag: Was ist Nachhaltigkeit?). Das bedeutet, dass die heute lebenden Menschen durch ihr Verhalten nicht die Lebenschancen zukünftiger Generationen einschränken dürfen. Diese Idee gab es schon im 18. Jahrhundert im Bereich der Holzwirtschaft: nur so viel Bäume abzuholzen, wie nachwachsen können (vgl. ebd.). Hier kann man schon erkennen, dass das Handwerk besonders zu Nachhaltigkeit beiträgt: Denn Handwerker reparieren und restaurieren Dinge und können so helfen, Ressourcen zu schonen, wie es das Positionspapier des Handwerks betont *(vgl. Zentralverband des deutschen Handwerks 2020).*

t tt **3** Führe den begonnenen Text mit ein bis zwei Sätzen fort. Verwende dabei direkte oder indirekte Zitate und Redebegleitsätze. Nutze dazu deine Markierungen auf Seite 15.

ttt **4** Verfasse mithilfe deiner Exzerpte von Seite 14 das Teilkapitel „Was bedeutet Nachhaltigkeit?“

Auszubildende im Beruf Schornsteinfeger/ Schornsteinfegerin während der Arbeit

Auszubildende im Beruf Forstwirtin/Forstwirt auf dem Weg zur Arbeit

Durch die Anordnung von Versen besondere Akzente setzen

1 Hier findest du die Prosaform eines Gedichtes von Peter-T. Schulz. Der Text entspricht dem Original. Kein Wort wurde hinzugefügt, weggelassen oder umgestellt. Auch die Zeichensetzung und die Groß- / Kleinschreibung entsprechen dem Originaltext. Lies dir den Text in Ruhe durch.

Will nichts mehr wollen (Anordnung verändert)

Peter-Torsten Schulz

Will nichts mehr wollen, will tun, was ich will. Will niemand mehr sein, will sein, wie ich bin. Will beim Gehen nicht mehr nach oben und unten sehen. Such ab heute Nebenleute.

2 Baue nun aus diesem Text ein Gedicht. Dazu kannst du die folgende Anleitung nutzen:

- Sprich den Text mehrmals leise vor dich hin oder lies ihn laut. So kannst du dich am besten in seine Stimmung einfühlen und sein Thema verstehen.
- Bringe dann das Sprachmaterial „in Form“, indem du es zu Versen und Strophen anordnest. Lass dabei kein Wort weg – und füge auch kein neues Wort hinzu.
- Experimentiere mit folgenden Gestaltungsmöglichkeiten:
  Einteilung in Strophen* ▪ *Anordnung der Verse* ▪ *Verwendung von Enjambements* ▪ *Alleinstellung von Wörtern / Wortgruppen in einer Strophe

Will nichts mehr wollen

Peter-T. Schulz

3 Vergleiche deine Fassung mit dem Originalgedicht im Lösungsteil. Welche Gemeinsamkeiten / Unterschiede stellst du fest?

Meeresstille

Joseph von Eichendorff

Ich seh von des Schiffes Rande
Tief in die Flut hinein:
Gebirge und grüne Lande
Und Trümmer im falben[1] Schein
Und zackige Türme im Grunde,
Wie ich's oft im Traum mir gedacht,
Wie dämmert alles da unten
Als wie eine prächtige Nacht.

Seekönig auf seiner Warte
Sitzt in der Dämmrung tief,
Als ob er mit langem Barte
Über seiner Harfe schlief;
Da kommen und gehen die Schiffe
Darüber, er merkt es kaum,
Von seinem Korallenriffe
Grüßt er sie wie im Traum.

[1] falb: honigfarben, gelb

1 Wovon erzählt dieses Gedicht? Mach dir zu folgenden Fragen Notizen:
- Wo befindet sich das lyrische Ich?
- In welcher Strophe gibt sich das lyrische Ich zu erkennen?
  Und wer mag das wohl sein?
- Beschreibe, auf welchen besonderen Ort sein Blick gerichtet ist und was / wen es dort entdeckt.

2 In beiden Strophen spiegelt sich die Überschrift des Gedichtes in verschiedenen Versen wider.
Notiere aus jeder Strophe zwei Verse, in denen die Stille sprachlich zum Ausdruck gebracht wird.

3 Stell dir vor, du könntest eintauchen in diese außergewöhnliche Szenerie …
Was würdest du dort gern näher erforschen?

4 Schau noch einmal in die zweite Strophe. Wo kannst du dort ein **Enjambement** entdecken?
Beschreibe, worauf dieses Spannungssignal hier aufmerksam macht.
Nimm dazu auch den Infokasten zu Hilfe.

5 Trage das Gedicht laut vor und lass dabei seine besondere Stimmung zur Geltung kommen.

Enjambement

INFO

Bei einem Enjambement geht ein Satz oder eine Sinneinheit über das Zeilenende eines Verses hinaus (↱) und gleitet in den nächsten Vers:

In ↱
welken Kronen ↱
wiegt sich der Herbst. ||

Beim Vortrag sollte man über ein Enjambement **nicht** einfach „hinweglesen“.
Vielmehr sollte man eine ganz kleine Pause machen, **ohne** die Stimme **absinken zu lassen**.
Denn Enjambements sind immer auch Spannungssignale.

Den Geheimnissen eines Gedichtes nachspüren

Der letzte Elefant

Peter Härtling

Ich bin der letzte Elefant.
Vor hundert Jahren fand
mich ein schwarzer Prinz und band
an seinen Traum mich fest.

Der Prinz ist tot. Und meine Haut
ist schwarz vom Wetter angeraut.
Auf meinem Rücken war ein Haus gebaut –
dort saß mein Prinz und hielt mich fest.

Ich konnte tanzen. Ich war leicht.
Man hat mich einst von Hof zu Hof gereicht:
Seht diesen Elefanten, dem kein andrer gleicht!
Und zog mir bunte Decken über für das Fest.

Dann kam der Brand, der Elefantentod.
Die Wälder sanken ein, und auch die Märchen starben.
Die Häuser wurden schwarz, die Erde rot –
das letzte Fest war wild in seinen Farben.

Die Prinzen starben und die Löwen auch.
Die Tore schlugen zu, das Reich zerfiel.
Der Zauberer versuchte es mit Götterrauch,
doch jenem Gott war's nur ein Spiel.

Ich bin der letzte Elefant.
Mein Prinz ist tot. An einem Strand,
wo ich die Wälder nicht mehr fand,
hüt ich den letzten Baum.

Da singt kein Vogel. Nur der Wind.
Und Sand macht meine Augen blind.
Vielleicht nimmt einmal doch ein Kind
mich mit in seinen Traum.

Ruhender Elefant: Werner vom Scheidt

1 Welchen Eindruck hast du von diesem Elefanten nach dem ersten Lesen des Gedichtes? Beschreibe, wie er auf dich wirkt und in welcher Verfassung er sich befindet.

2 Beim Lesen dieser Verse kann man förmlich spüren, wie allein sich der Elefant fühlt und wie traurig er ist. Stell dir vor, du könntest mit ihm ein Gespräch führen.

- Was würdest du ihn gern fragen?

- Überlege, wie du in ihm doch noch Hoffnung für sein Leben wecken könntest.

3 Lies das Gedicht nun noch einmal.
Schreibe anschließend deine Deutungen zu folgenden Versen auf:

Auf meinem Rücken war ein Haus gebaut –

Die Wälder sanken ein, und auch die Märchen starben.
Die Häuser wurden schwarz, die Erde rot –

Da singt kein Vogel. Nur der Wind.
Und Sand macht meine Augen blind.
Vielleicht nimmt einmal doch ein Kind
mich mit in seinen Traum.

Ein Gedicht interpretieren

Gefangener Vogel

Herta Grandt

Manchmal spürt er wohl den Wind im Traum,
und dann wiegen ihn die Käfigstangen,
wie das Zweigwerk ihn vor vielen langen
Monden wiegte im Holunderbaum.

Jäh erwachend, da die Amsel rief,
weiß er wieder: Dies ist nicht die gleiche
große Nacht, die kühle, sternenreiche,
die er unterm Blätterdach verschlief.

Doch voll süßer Körner lockt der Trog,
blankes Spielzeug hat man ihm gespendet.
Und er nippt und tändelt und verschwendet
und begreift nicht, wie man ihn betrog.

Sommers nur, wenn junger Vögel Schrei
fern aus Wäldern widerhallt im Hofe,
schluchzet Antwort seine kleine Strophe,
hoch und süß, als bräch ein Herz entzwei.

1 Wie ist dein **erster Eindruck** von diesem Gedicht?
Mache dir zu folgenden Fragen Notizen:

- Welche Gefühle und Gedanken werden bei dir ausgelöst?
- Welche Eindrücke bleiben in besonderer Weise haften?
- Was hast du nach dem ersten Lesen noch nicht verstanden?

2 Was meinst du: **Worüber** ist das wohl ein Gedicht?

3 Was lässt sich über die **äußere Form** des Gedichtes sagen?
- Wie viele Strophen und Verse hat das Gedicht?
- Ist der Aufbau regelmäßig / unregelmäßig?

4 Wie ist der **Rhythmus** des Gedichtes?
- Ist der Rhythmus regelmäßig oder gibt es Unregelmäßigkeiten?
- Gibt es Enjambements? Wenn ja, in welchen Versen?

5 Welches **Reimschema** liegt vor? Ist das Reimschema regelmäßig?

6 Welche **sprachlichen Gestaltungsmittel** fallen dir besonders ins Auge?
- Gibt es Auffälligkeiten in der Wortwahl oder im Aufbau der Sätze?
- Gibt es auffällige sprachliche Bilder?
- Wendet sich die Sprache an das Gefühl?
- Welche Sinne werden angesprochen (Sehen, Hören, Riechen, Fühlen, Schmecken)?
- Gibt es Dinge, Naturerscheinungen oder Tiere, die menschliche Züge erhalten und wie Personen auftreten (Personifikationen)?

7 Wie verstehst du das Gedicht, **nachdem** du dich näher damit befasst hast? Schreibe deine Gedanken und Eindrücke in deinem Heft oder in deiner Mappe auf.
- Wie lässt sich die Wirkung des Gedichtes auf dich beschreiben?
- Welche Gefühle und Gedanken löst das Gedicht in dir aus?
- Welche Verse, Wörter, sprachlichen Bilder … haben dich besonders beeindruckt?
- Hat sich dein erster Eindruck bestätigt?
- Gibt es auch Fragen, die für dich offengeblieben sind?
- Wie würdest du das Gedicht sprechen: nachdenklich, fröhlich, traurig, sachlich, mitfühlend, eher langsam oder eher schnell, eher laut oder eher leise?

Malins Freund

Gesa Pölert

Malin ging den schmalen, sich windenden Pfad entlang, der von Schlehenbüschen fast überwuchert war, die nur manchmal einen kleinen, hellen Sonnenkringel auf die Erde durchließen.

Schattig war es hier, und so still, dass man draußen auf den Wiesen die Grillen zirpen hörte, und manchmal, wenn der Wind ein wenig wehte, ein Flüstern und Rascheln in den Blättern.

Malin mochte es, auf diesem Pfad zu gehen, den nur sie kannte – niemand wusste, wo sie war; sie konnte dort tun, was sie wollte. Barfuß gehen, die Schuhe über die Schulter gehängt, mit den Fußsohlen die Erde, den Sand und das trockene Gras fühlen, die Füße im Bach wieder sauber waschen und auf den nassen, glitschigen Steinen balancieren, auf einen Baum klettern, ganz hoch – alles das, was sie zu Hause nicht durfte.

Und sie ließ sich die Haare mit Absicht ins Gesicht hängen, ohne sie wegzustreichen, ließ den feinen Staub auf ihren Kleidern liegen, nur, um das Gefühl wirklich zu haben: ich bin frei.

Sie legte sich in die Wiese, sah hoch oben kleine, weiße Wolken wehen, die nie zu Ende gingen, und sie sah, wie ein Pfauenauge auf einem Löwenzahn landete, ganz leicht, wie eine flaumige Feder. Sie hauchte ihn an, die Flügel bewegten sich, zitterten ein wenig, und dann war er auf einmal wieder in der Luft, ließ sich von ihr tragen.

Genau wie die Schwalbe oben.

Schmal und zäh und schnell tanzte sie da, schoss hinunter, ganz nahe, sodass Malin genau die leichten Federn der Flügel sehen konnte, schwarz und glänzend. Sie dachte, dass sie auch gerne eine Schwalbe wäre, zu Hause, in der Luft und auf der Erde. So schlank und fein, der gegabelte Schwanz und der schmale Körper, die Flügel, die sie durch die Luft trügen, wohin sie wollte. Und ganz frei wäre sie.

Sie ging weiter, obwohl der Himmel grauer und dunkler wurde und die Wolken größer.

Sie wollte heute noch zu ihrer Höhle gehen, wenn es ihr schon gelungen war, einmal zu entwischen. Diese Nachmittage, an denen sie frei war, allein, waren die schönsten. Sie ging dann immer zur Höhle, heute auch.

Als sie da war, fühlten sich die moosbewachsenen Felsen noch warm an, aber draußen wurde es immer kühler, die Schwalben jagten ganz dicht über den Boden, und es würde bald regnen, vielleicht ein Gewitter. Aber sie hatte keine Angst. Die Angst war nur in den engen Mauern im Dorf zu Hause.

Hier konnte sie tun, was sie wollte, keiner verspottete, ärgerte sie, wie es die Kinder im Dorf taten, sie konnte singen, träumen. Und formen. Aus nasser Erde, im Bach angefeuchtet, Tiere und Pflanzen, manchmal Bilder.

Wenn sie diese in der Sonne getrocknet hatte, waren sie fest und hart wie Stein, aber wenn es regnete, wurden sie wieder zu Erde. Es war Malin gleichgültig, es machte ihr einfach nur Spaß, mit ihren Fingern etwas zu formen, den glatten, kühlen Lehm auf den Händen zu fühlen, der langsam antrocknete, und zu sehen, wie aus einem einfachen Klumpen etwas entstand.

Nur die schönsten Figuren bewahrte sie in der Höhle auf. Während es draußen zu regnen anfing, arbeitete sie an dem Bild weiter, das sie gerade aus Lehm formte, verzierte es mit Steinen, Gras und Blättern. Sie liebte das Bild, denn sie malte darauf, was sie selbst so gerne hatte, Bäume, Tiere, Wiesen, sie arbeitete lange daran, und wenn es fertig würde, sollte es in der Höhle stehen.

Draußen regnete es nun sehr, und Malin konnte nicht mehr hinaus, um neuen Lehm zu holen.

Eine Weile schaute sie hinaus, sah die Tropfen, die auf allen Gräsern, Blättern und Ästen lagen wie durchsichtige Perlen, die nasse Erde, über die kleine gelbe Schnecken silberne Spuren zogen.

Dann sah sie sich in der Höhle um, die Wände mit braungrünem Moos bewachsen, das trockene Gras auf dem Boden, in einer Ecke ihre Erdfiguren und dazwischen – etwas Weißes.

Ein Zettel, und Malin wusste genau, dass er nicht von ihr war, aus einem Rechenheft herausgerissen und mit einer unordentlichen Schrift beschrieben.

Sie las:

Wunderst du dich, wenn du das hier liest? Sei bitte nicht böse, dass ich in deine Höhle gekommen bin, ich war schon oft hier.
Ich mag sie so gerne, und alles, was du hier tust, so etwas kann ich gar nicht. Das Bild auch, darauf ist alles, was ich schön finde. Wenn draußen Winter ist, hast du immer noch das Bild. Aber, weißt du, die Vögel fehlen, ich sehe sie so gerne, schön, mit leichten Federn, und sie können fliegen.
Antworte mir doch bitte, ich mag dich gerne, glaube ich, auch wenn ich dich nicht kenne, sondern nur das, was du tust.
Also schreib auch einen Zettel, ja?
Madde

P.S.: Ich habe Federn für dich gesammelt, damit du Vögel auf das Bild malen kannst.

1 Vermute einmal, wie Malin wohl auf den fremden Besuch in **ihrem Reich** reagiert. Begründe deine Vermutungen.

2 Lies nun, wie die Geschichte weitergeht.

Malin schaute auf den Zettel, und sie wollte wütend werden, weil jemand in ihrer Höhle gewesen war und von ihren Geheimnissen wusste.

Aber etwas in ihr wurde ganz warm, ein schönes, dankbares Gefühl, dass es einen gab, dem sie nicht gleichgültig war.

Sie fühlte, wie diese Wärme in ihr hochkroch und sie ganz glücklich machte, sodass sie lachen musste, und sie sah die Federn, die Madde für sie gesammelt hatte.

Schön, glatt und biegsam, mit zarten Mustern, sehr viele, und Malin machte daraus Vögel, die auf dem Bild herumflogen, viele, wie die Schwalbe vorhin. Eine Feder behielt sie, die größte. Sie glänzte schwarz und dunkelblau, mit wenigen hellen Mustern.

Es hatte aufgehört zu regnen, aber bevor sie nach Hause ging, wollte Malin noch einen Brief schreiben für Madde, auf der Rückseite des Rechenzettels, weil sie nichts anderes hatte.

Während sie schrieb, sang sie leise vor sich hin.

Lieber Madde!

Ich bin so froh, dass du mir geschrieben hast (am Anfang war ich wirklich etwas böse, weil du einfach so in meiner Höhle warst, aber jetzt, glaube ich, nicht mehr), und dass du meine Figuren aus Erde und das Bild schön findest. Ich habe alles hineingemalt, was ich sehe und fühle, wenn ich hierhin gehe. Ich weiß nicht, warum ich dir das alles erzähle, ich habe noch nie jemandem etwas erzählt. Ich glaube, du bist anders als die in meinem Dorf, du findest mein Bild schön.

Ich habe die Vögel aus deinen Federn gemacht, eine habe ich behalten. Wenn ich zu Hause bin und mich zu meiner Höhle hinaussehne, dann kann ich sie ansehen und daran denken, dass ich jetzt einen Freund habe. Ja, willst du mein Freund sein? Es ist gleich, ob wir uns nur Zettel schreiben, aber es ist ein schönes Gefühl, einen Freund zu haben. Im Dorf hab ich keinen, die verstehen mich nicht, aber du.

Deine Malin

Sie steckte den Zettel wieder zwischen die Tonfiguren und ging. Während sie den kleinen Pfad entlanglief, über die nassen Wiesen, den Hügel, war es nicht wie sonst, wenn sie von der Höhle kam, ein Gefühl der Leere, wenn sie ans Dorf dachte.

Sie lief, die Schuhe über den Schultern, durch das regennasse, kühle Gras, die Haare im Gesicht, und die ganze Zeit hüpfte und sang es in ihr: Ich habe einen Freund, er heißt Madde, einen Freund, er mag mich, einen Freund, anders als alle.

Mein Freund ... Immer wieder diese Worte. Und in ihr war es so warm und hell.

3 Der anfängliche Ärger von Malin verfliegt – stattdessen machen sich Freude und Dankbarkeit in ihr breit. Versuche zu erklären, warum sich Malins Ärger in ein positives Gefühl wandelt. Beziehe dich mit deinen Erklärungen auf Maddes Brief.

4 Schau nun noch einmal auf Malins Antwort an Madde. Beschreibe, welche Bedeutung die „Begegnung mit Madde“ inzwischen für Malin bekommen hat.

5 In den letzten drei Zeilen ihres Briefes findest du die Erklärung dafür, was Malin unter *Freundschaft* versteht. Was verstehst **du** unter *Freundschaft*?

6 Folge Malin nun selbst einmal in ihrem Erleben der Natur. Lies den Text dazu noch einmal. Markiere Textstellen, in denen deutlich wird,

- wie Malin die Natur in ihren vielfältigen Erscheinungen erlebt und hautnah spürt,
- welches Gefühl ihr dieses Naturerlebnis vermittelt,
- welche Verhaltensweisen sie draußen in der Natur zeigt und
- was ihr die Höhle bedeutet und wie sie sie ausgestaltet.

Die Handlungsmotive einer literarischen Figur verstehen

1 Stell dir vor, jemand sagt zu dir: „Ich mach mal Pause." Wie könnte diese Äußerung wohl gemeint sein?

---

2 Lass dich nun von der folgenden Geschichte überraschen …

Pause machen

Gudrun Pausewang

Wir hatten einen in unserer Klasse, der hat sich die Freiheit genommen, „aus der Reihe zu tanzen", wie man so sagt. Jetzt ist er eine Klasse unter uns. Der Roy. Ich weiß nicht, wie er zu diesem Namen kam. Den hatte er schon seit der ersten Klasse.

Er war unser Klassenbester. Vor allem in Mathe, Physik und Englisch war er Spitze. Und er war auch fair. Er half allen, die ihn darum baten, und sagte ein, wenn einer an der Tafel stand und nichts wusste.

Die Lehrer hielten viel von ihm. Sie wussten alle, dass er keinen Universitätsprofessor zum Vater hatte, der ihm mit vollen Bücherschränken und jeder Menge Wissen und Zeit Schützenhilfe leisten konnte. Sein Vater ist Lufthansapilot und fast nie zu Hause, die Mutter ist Geschäftsfrau und den ganzen Tag in ihrer Boutique. Schon in der Grundschule hat er allein klarkommen müssen. Er hat also alles von sich selbst. Das hat ihm bei den Lehrern noch mehr Respekt eingebracht. Er wurde uns immer als Vorbild hingestellt. Wir konnten es schon nicht mehr hören.

Aber seit dem vergangenen Schuljahr haben die Lehrer ihre Meinung über ihn geändert. Das kam so: Gleich aus den großen Ferien kam Roy noch nachdenklicher in die Schule zurück, als er vorher schon gewesen war. Und zwei Monate nach Schulbeginn rückte er mit dem Ergebnis seiner Grübeleien heraus. Genau einen Tag nach seinem Geburtstag, an dem er volljährig wurde.

„Ich mach mal Pause", sagte er wie beiläufig.

Erst kriegten wir gar nicht mit, was er damit gemeint hatte. Als er es uns erklärte, waren wir alle bestürzt: Er wollte den Rest des Schuljahres aussetzen. Einfach nicht in die Schule gehen. Verdammt, wir konnten ihn uns nicht neun Monate lang daheim herumgammelnd vorstellen.

Aber das wollte er auch gar nicht. Er wollte reisen. Ganz allein. An den Nil. Das sei schon immer sein Traum gewesen. Und danach wollte er zwei Monate lang in einer Fabrik arbeiten. Denn vom Arbeiterleben wisse er noch so gut wie gar nichts. Und den Rest der Atempause wollte er bei seinem Großvater, einem Bauern im Taunus, verbringen, wollte mit ihm zusammen ein Mischwäldchen pflanzen.

Unser Direktor rief ihn zu sich, versuchte ihn umzustimmen, wurde sogar ärgerlich, fand für Roys Entschluss gar kein Verständnis. „Das ist völlig unüblich!", sagte er immer wieder, wie uns Roy danach berichtete.

„Macht dir's denn nichts aus, danach eine Klasse tiefer zu sein – bei den Jüngeren? Sozusagen als Sitzenbleiber?", fragten wir ihn.

„Da steh ich drüber", antwortete er gelassen.

Dann blieb er weg. Neun Monate plus große Ferien. Erst am Beginn des neuen Schuljahres war er wieder da – sehr viel schmaler und, wie uns schien, auch ein Stück größer. Sein Gesicht wirkte älter, als wir's in Erinnerung hatten.

Aber er machte durchaus keinen enttäuschten oder deprimierten Eindruck. Im Gegenteil: Er wirkte heiter, gelassen, ausgeruht, ausgeglichen. Eben wie einer, der mal Pause gemacht hat. Er zeigte uns seine Schwielen. Die hatte er sich in der Fabrik geholt – und danach beim Pflanzen noch einmal.

Er erzählte uns auch von seiner Reise. Nicht angeberisch, eher verhalten. Tatsächlich war er am Nil gewesen, war tagelang mit Nilfischern auf dem Fluss entlanggefahren, bis zu einer kleinen Stadt am Ufer, wo sie die Fische auf dem Markt verkauft haben. Dort wurde ihm erst seine Geldbörse, danach sein Fahrrad geklaut. Er hatte Mühe, ohne Geld von dort wieder heimzukommen. Seine Eltern hatte er nämlich nicht um Geld bitten können. Die hatte er durch seine Schulpause gründlich verärgert.

„Aber von da ab wurde es erst richtig interessant", sagte er grinsend. „Das war eine echte Herausforderung."

„Erzähl!", riefen wir begierig.

Er erzählte. Wir hörten ihm stumm zu, mit angehaltenem Atem und offenem Mund. Wie recht er gehabt hatte! Neun Monate lang hatte er wirbelndes Erleben getankt: auf der Reise, in der Fabrik, im Wald. Und wir? Uns schien, als hätten wir ein Jahr sinnlos vertan, hatten uns mit Wissensballast vollstopfen lassen, hatten halbe Tage lang krumm auf den Stühlen gesessen, hatten den Krampf in die Schreibhand bekommen, hatten uns gelangweilt und gequält, hatten über nichts Wichtigeres zu reden gehabt als über die Marotten unserer Lehrer.

Ein Jahr Leben vergeudet.

Keiner von uns kam auf den Gedanken, Roy zu fragen, ob's ihm nicht leid täte, nun erst ein Jahr später mit der Schule fertig zu werden. Ich kann mir denken, was er uns darauf geantwortet hätte: „Ich hab dieses Jahr doch nicht verschenkt. Ich hab's eingetauscht für Leben!“ Er lachte: „Und als ich heimkam, gerieten meine Eltern ganz aus dem Häuschen vor Freude. Ärger? Davon wussten sie nichts mehr.“

Weiß Gott, wir beneideten ihn. Was wog dagegen die Gewissheit, dass wir in neun Monaten das Abitur in der Tasche haben würden? Wir waren grüne Jungen gegen ihn! „Jetzt freu ich mich richtig auf die Schule“, sagte Roy, bevor er in seinen Klassenraum schlenderte.

Der Direktor, der gerade den Schulhof überquerte, sah ihm kopfschüttelnd nach. Ich hörte ihn zu einem Lehrer, der neben ihm ging, mit einem nervösen Unterton sagen: „Wenn so ein Pausieren Schule macht – nicht auszudenken!“

Ich werde im Dezember achtzehn. Ich hab schon immer von der Hohen Tatra geträumt. Ob Andreas mitmacht?

3 Notiere spontan deine Meinung zu Roys Entschluss.

4 Welchen Traum will sich Roy mit seiner Reise endlich einmal erfüllen? Was will er kennenlernen und was will er gern noch tun?

5 Durch den Ich-Erzähler erfährst du einiges über Roy und seinen Charakter. Geh im Text auf Spurensuche und halte diese Informationen stichpunktartig fest.

6 Könntest du dir solch eine Pause auch einmal für dich vorstellen? Tausche dich mit einem Partner / einer Partnerin oder in der Gruppe mit anderen über deine Wünsche aus.

Einen literarischen Text interpretieren

Der Adler

Hermann Gilhaus

Ein Mann ging in einen Wald, um nach einem Vogel zu suchen, den er mit nach Hause nehmen könnte. Er fing einen jungen Adler, brachte ihn heim und steckte ihn in den Hühnerhof zu den Hennen, Enten und Truthühnern. Und er gab ihm Hühnerfutter zu fressen, obwohl er ein Adler war, der König der Vögel.

Nach fünf Jahren erhielt der Mann den Besuch eines naturkundigen Mannes. Und als sie miteinander durch den Garten gingen, sagte der: „Der Vogel dort ist kein Huhn, er ist ein Adler!“ – „Ja“, sagte der Mann, „das stimmt. Aber ich habe ihn zu einem Huhn erzogen. Er ist jetzt kein Adler mehr, sondern ein Huhn, auch wenn seine Flügel drei Meter breit sind.“ „Nein“, sagte der andere. „Es ist noch immer ein Adler, denn er hat das Herz eines Adlers. Und das wird ihn hoch hinauffliegen lassen in die Lüfte.“ – „Nein, nein“, sagte der Mann, „er ist jetzt ein richtiges Huhn und wird niemals wie ein Adler fliegen.“

Darauf beschlossen sie, eine Probe zu machen. Der naturkundige Mann nahm den Adler, hob ihn in die Höhe und sagte beschwörend: „Der du ein Adler bist, der du dem Himmel gehörst und nicht dieser Erde: breite deine Schwingen aus und fliege!“ – Der Adler saß auf der hochgereckten Faust und blickte um sich. Hinter sich sah er die Hühner nach ihren Körnern picken, und er sprang zu ihnen hinunter. Der Mann sagte: „Ich habe dir gesagt, er ist ein Huhn.“ – „Nein“, sagte der andere, „er ist ein Adler. Ich versuche es morgen noch einmal.“

Am anderen Tag stieg er mit dem Adler auf das Dach des Hauses, hob ihn empor und sagte: „Adler, der du ein Adler bist, breite deine Schwingen aus und fliege!“ Aber als der Adler wieder die scharrenden Hühner im Hofe erblickte, sprang er abermals zu ihnen hinunter und scharrte mit ihnen.

Da sagte der Mann wieder: „Ich habe dir gesagt, er ist ein Huhn.“ – „Nein“, sagte der andere, „er ist ein Adler und er hat noch immer das Herz eines Adlers. Lass es uns noch ein einziges Mal versuchen; morgen werde ich ihn fliegen lassen.“ Am nächsten Morgen erhob er sich früh, nahm den Adler und brachte ihn hinaus aus der Stadt, weit weg von den Häusern an den Fuß eines hohen Berges, jede Zinne erstrahlte in der Freude eines wundervollen Morgens. Er hob den Adler hoch und sagte zu ihm: „Adler, du bist ein Adler. Du gehörst dem Himmel und nicht dieser Erde. Breite deine Schwingen aus und fliege!“

Der Adler blickte umher, zitterte, als erfüllte ihn neues Leben – aber er flog nicht. Da ließ ihn der naturkundliche Mann direkt in die Sonne schauen. Und plötzlich breitete er seine gewaltigen Flügel aus, erhob sich mit dem Schrei eines Adlers, flog höher und höher und kehrte nie wieder zurück.

1 Arbeitet zu zweit oder in einer kleinen Gruppe.
- Tauscht euch in einem literarischen Gespräch darüber aus, wie ihr diese Geschichte versteht.
- Wer möchte, kann zuvor auch seine Überlegungen, Gedanken oder auch offene Fragen dazu aufschreiben.

Eine literarische Figur charakterisieren

1 Lies dir die folgende Geschichte durch.

Spaghetti für zwei

Federica de Cesco

Heinz war bald 16 und fühlte sich sehr cool. In der Klasse und auf dem Fußballplatz hatte er das Sagen. Aber richtig schön würde das Leben erst werden, wenn er sein Töff bekam und den Mädchen zeigen konnte, was für ein Kerl er war. Er mochte Monika, die mit den langen Haaren von der anderen Schule, und ärgerte sich über seine entzündeten Pickel. Im Unterricht machte er gern auf Verweigerung, die Lehrer sollten bloß nicht auf den Gedanken kommen, dass er sich anstrengte. Mittags konnte er nicht nach Hause, weil der eine Bus zu früh, der andere zu spät abfuhr. So aß er im Selbstbedienungsrestaurant.

„Italienische Gemüsesuppe" stand im Menü. Ein schwitzendes Fräulein schöpfte die Suppe aus einem dampfenden Topf. Heinz nickte zufrieden, der Teller war ganz ordentlich voll. Er setzte sich an einen freien Tisch. Da merkte er, dass er den Löffel vergessen hatte. Heinz stand auf und holte sich einen. Als er zu seinem Tisch zurück stapfte, traute er seinen Augen nicht: Ein Schwarzer saß an seinem Platz und aß seelenruhig seine Gemüsesuppe!

Heinz stand mit seinem Löffel fassungslos da, bis ihn die Wut packte. Zum Teufel mit diesen Asylbewerben! Der kam irgendwo aus Uagadugu, und jetzt fiel ihm nichts Besseres ein, als ausgerechnet seine Gemüsesuppe zu verzehren! Schon möglich, dass das den afrikanischen Sitten entsprach, aber hierzulande war das eine bodenlose Unverschämtheit! Heinz öffnete den Mund, um diesem Menschen lautstark seine Meinung zu sagen, als ihm auffiel, dass die Leute ihn schon komisch ansahen. Heinz wurde rot. Er wollte nicht als Rassist gelten. Aber was nun?

Plötzlich fasste er einen Entschluss. Er zog einen Stuhl zurück und setzte sich dem Schwarzen gegenüber. Dieser hob den Kopf, blickte ihn kurz an und schlürfte dann ungestört die Suppe weiter. Heinz presste die Zähne zusammen, dass seine Kinnbacken schmerzten. Dann packte er energisch den Löffel, beugte sich über den Tisch und tauchte ihn in die Suppe. Der Schwarze hob abermals den Kopf. Sekundenlang starrten sie sich an. Heinz führte mit leicht zitternder Hand den Löffel zum Mund und tauchte ihn zum zweiten Mal in die Suppe. Seinen vollen Löffel in der Hand, fuhr der Schwarze fort, ihn stumm zu betrachten. Dann senkte er die Augen auf seinen Teller und aß weiter.

Eine Weile verging. Beide teilten sich die Suppe, ohne dass ein Wort fiel. Heinz versuchte nachzudenken. „Vielleicht hat der Mensch kein Geld, muss schon tagelang hungern. Vielleicht würde ich mit leerem Magen ähnlich reagieren? Und Deutsch kann er anscheinend auch nicht. Ist doch peinlich. Ich an seiner Stelle würde mich schämen. Ob Schwarze wohl rot werden können?" Das leichte Klirren des Löffels, den der Afrikaner in den leeren Teller legte, ließ Heinz die Augen heben.

Der Schwarze hatte sich zurückgelehnt und sah ihn an. Heinz konnte seinen Blick nicht deuten. In seiner Verwirrung lehnte er sich ebenfalls zurück. Schweißtropfen perlten auf seiner Oberlippe, sein Pulli juckte, besonders am Hals. Er versuchte, den Schwarzen abzuschätzen. „Junger Kerl. Etwas älter als ich. Vielleicht sechzehn oder sogar schon achtzehn. Normal angezogen: Jeans, Pulli, Windjacke. Sieht eigentlich nicht aus wie ein Obdachloser. Immerhin, der hat meine halbe Suppe aufgegessen und sagt nicht einmal danke! Au Mann, ich hab noch Hunger!" Der Schwarze stand auf. Heinz blieb der Mund offen.

„Haut der jetzt tatsächlich ab? Jetzt ist aber das Maß voll! So eine Frechheit! Der soll mir wenigstens die halbe Gemüsesuppe bezahlen!" Er wollte aufspringen und Krach schlagen. Da sah er, wie sich der Schwarze mit einem Tablett in der Hand wieder anstellte. Heinz fiel unsanft auf seinen Stuhl zurück. „Also doch: Der Mensch hat Geld! Oder bildet der sich vielleicht ein, dass ich ihm den zweiten Gang bezahle?" Heinz griff hastig nach seiner Schulmappe. „Bloß weg von hier, bevor er mich zur Kasse bittet! Aber nein, sicherlich nicht. Oder doch?" Heinz ließ die Mappe los und kratzte nervös an einem Pickel. Irgendwie wollte er doch wissen, wie es weiterging. Jetzt stand der Schwarze vor der Kasse und – tatsächlich – er bezahlte. Heinz schniefte. „Verrückt!" dachte er. „Total gesponnen!"

Da kam der Schwarze zurück. Er trug das Tablett, auf dem ein großer Teller Spaghetti stand, mit Tomatensauce, vier Fleischbällchen und zwei Gabeln. Immer noch stumm, setzte er sich Heinz gegenüber, schob den Teller in die Mitte des Tisches, nahm eine Gabel und begann zu essen. Dieser Typ forderte ihn tatsächlich auf, die Spaghetti mit ihm zu teilen! Heinz brach der Schweiß aus. Was nun? Sollte er essen? Nicht essen? Seine Gedanken überstürzten sich. Wenn der Mensch doch wenigstens reden würde! „Na gut, er hat die Hälfte meiner Suppe gegessen, jetzt esse ich die Hälfte seiner Spaghetti, dann sind wir quitt!" Wütend und beschämt griff Heinz nach der Gabel, rollte die Spaghetti auf und steckte sie in den Mund. Schweigen. „Eigentlich nett von ihm, dass er mir 'ne Gabel mitgebracht hat", dachte Heinz. „Da komm ich noch zu einem guten Spaghettiessen, das ich mir heute nicht geleistet hätte. Aber was soll ich jetzt sagen? Danke? Saublöd!"

Die Portion war sehr reichlich. Bald hatte Heinz keinen Hunger mehr. Dem Schwarzen ging es ebenso. Er lehnte sich zurück, schob die Daumen in die Jeanstaschen und sah ihn an. Heinz kratzte sich unter dem Rollkragen, bis ihm die Haut schmerzte. „Wenn ich nur wüsste, was er denkt!“ Verwirrt, schwitzend und erbost ließ er seine Blicke umherwandern. Auf dem Nebentisch, an den sich bisher niemand gesetzt hatte, stand – einsam auf einem Tablett – ein Teller kalter Gemüsesuppe. Heinz erlebte den peinlichsten Augenblick seines Lebens. Am liebsten hätte er sich in ein Mauseloch verkrochen. Es vergingen zehn volle Sekunden, bis er es endlich wagte, dem Schwarzen ins Gesicht zu sehen. Der saß da, völlig entspannt und cooler, als Heinz es je sein würde, und wippte leicht mit dem Stuhl hin und her. „Äh …“, stammelte Heinz, feuerrot im Gesicht. „Entschuldigen Sie bitte. Ich …“

Er sah die Pupillen des Schwarzen aufblitzen. Auf einmal warf dieser den Kopf zurück, brach in dröhnendes Gelächter aus. Eine Weile saßen sie da, von Lachen geschüttelt. Dann stand der Schwarze auf, schlug Heinz auf die Schulter. „Ich heiße Marcel“, sagte er in bestem Deutsch. „Ich esse jeden Tag hier. Sehe ich dich morgen wieder? Um die gleiche Zeit?“ „In Ordnung! Aber dann spendiere ich die Spaghetti.“

2 Durch einen ungewöhnlichen Irrtum werden in dieser Geschichte zwei Jungen zu Freunden, die sich sonst wahrscheinlich nicht näher kennengelernt hätten.

- Worin besteht dieser Irrtum – und wie löst er sich auf?
- Welche Gedanken und Gefühle kommen bei Heinz auf, als er seinen Irrtum bemerkt?

INFO

Personencharakterisierung

Eine Personencharakterisierung beschreibt den **Charakter** einer Figur in einem literarischen Text.
Die Charakterisierung einer literarischen Figur gibt Auskunft …

- über das **Alter, Geschlecht** und **Aussehen** der Person,
- über ihr **Wesen** und ihre **Eigenschaften**,
- über die **Beziehungen** zu anderen Personen – und wie sie sich darin **verhält**,
- über das, was sie **sagt** und wie sie **handelt**,
- über die **Motive**, die für ihre Handlungen bedeutsam sind.

Dabei sollte auch zur Sprache kommen, wie die Person **auf den Leser wirkt** und welchen **Eindruck** sie auf ihn macht.

3 Bevor du mit der Charakterisierung beginnst, solltest du zu folgenden Fragen die passenden Textstellen finden, sie markieren – und dir Notizen dazu machen.

Wie wird Heinz zu Beginn beschrieben?

Zeile: ______ Notizen: ____

Wie wird er von seinen Freunden eingeschätzt?

Zeile: ______ Notizen: ____

Wie ist ihm zumute, als er sieht, dass ein Fremder von „seinem“ Teller isst?

Zeile: ______ Notizen: ____

Was denkt er? Was tut er nicht?

Zeile: ______ Notizen: ______________________________

Was tut er dann doch plötzlich?

Zeile: ______ Notizen: ______________________________

Wie reagiert Heinz, als Marcel sich ein zweites Mal anstellt?

Zeile: ______ Notizen: ______________________________

Und wie reagiert Heinz, als Marcel zurückkommt?

Zeile: ______ Notizen: ______________________________

Was denkt Heinz jetzt – und warum sagt er nichts?

Zeile: ______ Notizen: ______________________________

Wie ist ihm zumute, als er seinen Irrtum bemerkt?

Zeile: ______ Notizen: ______________________________

Heinz vergleicht sich mit Marcel.

Zeile: ______ Notizen: ______________________________

Wie spricht er Marcel zum ersten Mal an?

Zeile: ______ Notizen: ______________________________

Was tun die beiden am Ende der Geschichte?

Zeile: ______ Notizen: ______________________________

Wie hat sich das Verhältnis von Heinz zu Marcel am Ende gewandelt?

Zeile: ______ Notizen: ______________________________

4 Nun kannst du mithilfe der Markierungen im Text und deiner Notizen das zusammenhängende Charakterbild von Heinz entwerfen.

- Schreibe deine Charakterisierung auf. Verwende dabei die **TEXTBAUSTEINE**.
- Gib auch die entsprechenden Zeilen an.
- Wähle aus dem **WORTSCHATZ: TEXTBAUSTEINE** (Seite 34–35) Ausdrücke aus, die du für zutreffend hältst.

WORTSCHATZ: TEXTBAUSTEINE

Im Mittelpunkt der Geschichte „Spaghetti für zwei“ von *Federica de* ______________ steht ein *fast 16-jähriger Junge (Zeile ______)* mit Namen ______________. Sein Aussehen ist nicht näher beschrieben, außer dass er ______________ im Gesicht hat *(Zeile ______)*.

Er selbst fühlt sich ______________________ (Zeile ____), und bei seinen Freunden scheint er ______________________ zu sein. Dort hat er ______________________ (Zeile ____). An einem Mittag holt sich Heinz in einem Selbstbedienungsrestaurant ______________________ und setzt sich mit seinem Teller an einen freien Tisch. Da er seinen Löffel ______________________ ______________________. Als er zurückkommt, ______________________.

In dieser irritierenden Situation zeigt sich, dass Heinz nun doch nicht so ______________________ ist, wie er meint. Vielmehr gibt er zu erkennen, dass er ______________________ und ______________________ ist (Zeile ____). Er würde zwar seinem Gegenüber am liebsten ______________________, doch er ______________________. Denn er möchte nicht ______________________ (Zeile ____) und auch nicht als ______________________ gelten (Zeile ____). Man könnte sagen, dass Heinz in einer solchen Ausnahmesituation ______________________ und ______________________ ist. Aber als er dann seinen Löffel in die Suppe taucht und mitisst, beweist er doch auch ______________________ und ______________________ (Zeile ____). Es kommt sogar ______________________ mit dem Schwarzen in ihm auf (Zeile ____). Doch als er dann seinen eigenen Teller ______________________, da gerät er ______________________ (Zeile ____). Er muss einsehen, dass ______________________ ______________________, als er es je sein wird ______________________ (Zeile ____). Heinz verschlägt es ______________________, er kann nur noch stammeln. Marcel, der Fremde, bringt Heinz wieder zu sich selbst. Am Ende zeigt sich, dass Heinz auch ______________________ hat und ______________________ sein kann. Aus seinem Verhalten in dieser Geschichte kann man schließen, dass Heinz charakterlich ______________________ ist: einerseits ______________________, ______________________, ______________________ und ______________________, andererseits ______________________, ______________________ und voller ______________________.

WORTSCHATZ

angesehen
beherrscht
beliebt
cool
einfühlsam
energisch
entschlossen
Entschlossenheit
erleichtert
fassungslos
gerät außer Fassung
großzügig
hat das Sagen
hilflos
Humor
Mitgefühl
Mut
nachdenklich
nicht negativ auffallen
nervös
peinlich
Pickel
Rassist
sagt seine Meinung
schüchtern
schwankend
Selbstzweifel
sprachlos
steht zu sich selbst
traut sich nicht
traut sich was zu
unentschlossen
unsicher
verschlägt es die Sprache
verwirrt
Vorurteile
widerborstig
wütend
zwiespältig

Das Hörverstehen trainieren

1 Arbeitet zu zweit und haltet folgende „Spielregeln" ein.

- Partner **A** bereitet **Textabschnitt A** zum Vorlesen vor –
  Partner **B** bereitet **Textabschnitt B** zum Vorlesen vor
  Wichtig: Jeder Partner liest nur seinen Text.
- Dann liest Partner **A** den **Textabschnitt A** zweimal deutlich vor,
  und Partner **B** hört konzentriert zu.
- Anschließend bearbeitet Partner **B** die **Aufgaben 2, 3** und **4** auf Seite 37.
  Dabei darf nicht in den Text geschaut werden.
- Nun werden die Rollen getauscht.
  Partner **A** bearbeitet die **Aufgaben 5, 6** und **7** auf Seite 37, nachdem er
  den Text zweimal gehört hat.
- Zum Schluss werden die Lösungen gemeinsam überprüft.

Bei den Algenfarmern in Sachsen-Anhalt (Text verändert)

Jochen Steiner

Textabschnitt A

In einem riesigen Gewächshaus in der Nähe von Klötze in Sachsen-Anhalt bauen Jörg Ullmann und sein Team winzige Mikroalgen an – in einem 500 Kilometer langen Glasröhrensystem. Algen sind recht genügsam. Neben dem Sonnenlicht, das durchs Glas des Gewächshauses und die Röhren fällt, brauchen sie Wasser, Kohlendioxid und einige Nährsalze.

Die Algenfarmer in Sachsen-Anhalt vermehren zum Beispiel die einzellige grüne Mikroalge Chlorella. Das fertige Algenpulver sieht aus wie feines, grünes Mehl. Pro Tag ernten die Mitarbeiter, je nach Wetterlage, zwischen 50 und 400 Kilogramm Algenpulver. Das sind pro Jahr im Schnitt zwischen 30 und 50 Tonnen nachhaltig erzeugte Biomasse. Zum Vergleich: Auf der gleichen Fläche kann ein Bauer gerade einmal sieben bis acht Tonnen Weizen im Jahr anbauen.

Textabschnitt B

Chlorella-Pulver, wie das aus Sachsen-Anhalt, färbt mittlerweile nicht nur Nudeln grün, sondern auch Müsliriegel, Chips und Limonade. Der natürliche Farbstoff mag ein netter Nebeneffekt sein, aber bei der Chlorella-Nutzung als Nahrung geht es vor allem um den hohen Gehalt an Vitamin B12, das sonst in nennenswerter Menge nur in tierischen Lebensmitteln zu finden ist. Ein Mangel an Vitamin B12 kann beispielsweise zu Depressionen, Muskelschwäche oder zu einer verminderten Herzfunktion führen.

Seit einiger Zeit ist das Chlorella-Pulver in Tablettenform als Nahrungsergänzungsmittel erhältlich. Das komme für Vegetarier und Veganer in Frage, die häufig mit Vitamin B12 unterversorgt sind, sagt die Ernährungsmedizinerin Ulrike Neumann von der Universität Hohenheim. Studien haben den positiven Effekt der Mikroalgen-Präparate als Vitamin B12-Lieferant belegt.

Ein weiterer Pluspunkt für die Chlorella-Algen: Sie bestehen zu etwa 50 Prozent aus Proteinen. Arbeitskollegen von Ulrike Neumann arbeiten bereits an einem „Algenschnitzel".

Partner A:

2 Kreuze richtige Antworten an. Es können auch **mehrere** Antworten richtig sein.

a) Wo befindet sich die Algenfarm?
- in Sachsen-Anhalt
- in der Nähe von Plötze
- in der Nähe von Klötze
- in der Nähe von Ütze

b) Wie werden die Mikroalgen angebaut?
- in einem Gewächshaus
- im Freiland
- in Hochbeeten
- in einem Glasröhrensystem

c) Die Mikroalge Chlorella …
- ist ein Mehrzeller.
- ist einzellig.
- wird zu feinem Pulver verarbeitet.
- wird zu grünem Pulver verarbeitet

d) Je nach Wetterlage ernten die Mitarbeiter …
- pro Tag 50 bis 400 Kilogramm Milchpulver.
- pro Tag 5 bis 40 Kilogramm Algenpulver.
- pro Tag 50 bis 400 Kilogramm Algenpulver.
- pro Tag 5 bis 40 Säcke Algenpulver.

3 Notiere, was Algen neben Sonnenlicht noch alles zum Gedeihen brauchen.

____

4 Begründe diese Aussage:
Der Anbau von Algen ist nachhaltiger und ertragreicher als der Anbau von Weizen.

____

____

Partner B

5 Kreuze richtige Antworten an. Es können auch **mehrere** Antworten richtig sein.

a) Mit Chlorella färbt man mittlerweile …
- Haare rot.
- Limonaden grün.
- Chips gelb.
- Müsliriegel grün.

b) Bei der Mikroalge Chlorella als Nahrung geht es vor allem um den …
- hohen Gehalt an Eisen.
- hohen Gehalt an Vitamin B12.
- hohen Gehalt an Vitamin A.
- hohen Gehalt an Folsäure.

c) Chlorella-Pulver …
- gibt es in Tablettenform.
- ist ein Nahrungsergänzungsmittel.
- ist rein pflanzlich.
- ist laut Studien unwirksam.

d) Forscher der Uni Hohenheim arbeiten mit Chlorella-Algen, um …
- den niedrigen Protein-Gehalt zu erhöhen.
- den hohen Protein-Gehalt zu nutzen.
- „Algenschnitzel" herzustellen.
- „Algenleder" zu produzieren.

6 Notiere, bei welchen Krankheiten Chlorella-Pulver einen positiven Effekt haben kann.

____

7 Begründe diese Aussage:
Chlorella-Pulver ist als Nahrungsergänzungsmittel für Veganer und Vegetarier geeignet.

____

____

Informationen aus Sachtexten visualisieren: Flussdiagramm

1 Lies den folgenden Sachtext Absatz für Absatz.
Markiere im Text Informatinen zu den Fragen a), b), c) und d) mit **verschiedenen** Farben

- **a) Wann kommt es zu einem Knochenbruch?**
- **b) Wodurch wird der Heilungsprozess in Gang gesetzt?**
- **c) Wie geht die Heilung vonstatten?**
- **d) Was ist bei einem Knochenbruch zu beachten?**

Knochenbruch – Knochenheilung (Text verändert)

Holger Podszum

Menschen haben ungefähr 200 Knochen. Die Knochen werden unserem sogenannten Stütz- und Bewegungsapparat zugerechnet. Sie sind im Zusammenspiel mit unseren Muskeln verantwortlich dafür, dass unser Körper seine feste Form behält, wir uns aber trotzdem bewegen können. Unsere Knochen sind einerseits bemerkenswert biegsam und elastisch, andererseits sind sie von sehr großer Härte. Dank dieser beiden Eigenschaften sind unsere Knochen in der Lage, selbst sehr starken Zug- oder Druckbelastungen standzuhalten.

Vereinfacht gesagt, könnte unser Oberschenkelknochen, der stärkste und größte Knochen unseres Körpers, einer Zugkraft von fast 1700 Kilogramm standhalten, bevor er bricht. So können Menschen problemlos und unverletzt Stürze sogar aus vielen Metern Höhe überstehen oder als besonders trainierte Sportler Gewichte von mehr als 500 Kilo auf ihren Schultern tragen.

Manchmal aber ist selbst für unsere Knochen die Belastung durch den Aufprall nach einem Sturz oder durch einen Schlag zu groß. Dann kann es zu einem Knochenbruch kommen. Das medizinische Fachwort dafür ist „Fraktur".

Unsere Knochen sind umhüllt mit der sogenannten Knochenhaut. Diese ist stark durchblutet und von zahlreichen Nerven durchsetzt. Wenn ein Knochen bricht, wird auch die Knochenhaut verletzt und dies spüren wir meist als einen langanhaltenden und starken Schmerz. Die Knochenhaut ist es aber auch, die schon unmittelbar nach dem Bruch die Heilung des Knochens anstößt. Denn sie enthält Zellen, die in der Lage sind, neues Knochenmaterial herzustellen.

Direkt am gebrochenen Knochen und der verletzten Knochenhaut tritt als Folge des Bruches zunächst Blut aus, das genau wie bei jeder anderen Wunde zu gerinnen beginnt. Ein Bluterguss entsteht, das umliegende Gewebe schwillt an.

An der Bruchstelle entstehen nun bereits in kürzester Zeit neue, feine Blutgefäße in der Knochenhaut und versorgen die Bruchstelle mit Blut. Es bildet sich zunächst im Laufe von drei bis vier Wochen rund um die Bruchstelle weiches Narbengewebe.

Nach und nach wird darin nun Kalk eingelagert und das Narbengewebe wird dadurch härter und härter, bis es sich im Verlauf weiterer Wochen zu echtem Knochen wandelt. Überschüssiges Material wird abgebaut. Dann ist der Knochenbruch geheilt und belastbar.

Noch bevor der natürliche Heilungsprozess einsetzt, sollte ein Knochenbruch medizinisch untersucht und versorgt werden. Der Bruch kann zum Beispiel „gerichtet" und mit einem Gipsverband stabilisiert werden. Manchmal muss ein Knochenbruch auch operiert werden.

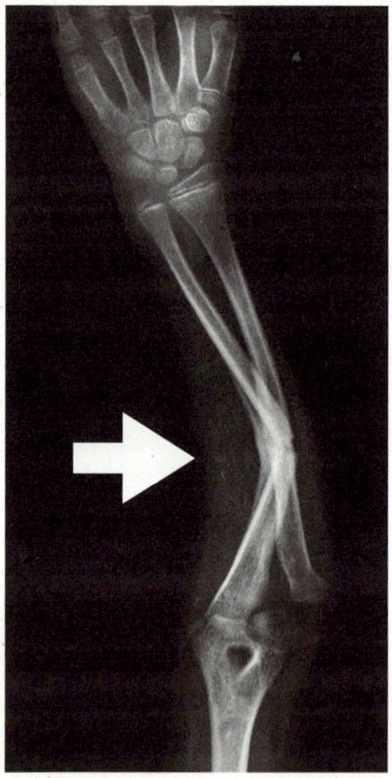

Das Röntgenbild zeigt den schweren Bruch eines Unterarmknochens. Solch ein Bruch muss operiert werden; er kann mit einem einfachen Gipsverband nicht abheilen.

2 Erschließe dir den Inhalt dieses Sachtextes.
- Lege dir einen Notizzettel mit Zwischenüberschriften zu den acht Absätzen an.
- Notiere zu jedem Absatz wichtige Stichpunkte.

3 Fertige zum „Heilungsprozess von Knochenbrüchen" nun ein **Flussdiagramm** an (siehe Infokasten).

- Teile den **Ablauf des „Heilungsprozesses von Knochenbrüchen"** in einzelne **Schritte** ein.
- Lies noch einmal im Text nach. Notiere gegebenenfalls weitere Stichpunkte auf deinem Notizzettel.
- **Beachte:** Nicht alle Textinformationen sind für das Flussdiagramm wichtig. Überlege also gut, was zum **Heilungsprozess** gehört und was **nicht**.
- Ordne die Schritte nach ihrer **zeitlichen Reihenfolge**.
- Lege dein Flussdiagramm übersichtlich und vollständig an.

Flussdiagramm

INFO

Das **Flussdiagramm** ist eine Diagrammform, mit der sich langwierige Prozesse übersichtlich darstellen lassen.

- Für ein Flussdiagramm wird ein **Ablauf** in einzelne **Schritte** eingeteilt.
- Die Schritte werden in **Stichpunkten** oder **kurzen Sätzen** in **grafische Formen** (z. B. Rechtecke, Ellipsen, Dreiecke) eingetragen, die durch **Pfeile** in der richtigen Reihenfolge („im Fluss") miteinander verbunden sind.

Wie ein Knochenbruch heilt

Knochen bricht

↓

Knochenhaut verletzt, Bluterguss am Knochen,
Gewebe schwillt an

↓

____

↓

____

↓

____

↓

____

↓

im Verlauf weiterer Wochen:
Wandel des Narbengewebes zu echtem Knochen, Abbau von überschüssigem Gewebe

↓

Knochen ist geheilt

Ein Organigramm ergänzen – einen Informationstext schreiben

INFO

Organigramm

Organigramme (Kurzwort aus Organisation + Diagramm) bilden **Organisationsstrukturen** in übersichtlicher Form ab, z. B. von Firmen, Institutionen oder Vereinen. Je komplexer die Schaubilder sind, desto mehr Informationen lassen sich daraus ablesen. Für den Praktikumsbericht bietet sich ein Organigramm an, um die Struktur des Praktikumsbetriebes darzustellen und zu erläutern.

1 Worüber gibt das folgende Organigramm Auskunft?

____

Organigramm des Autohauses „ABC-Automobile“

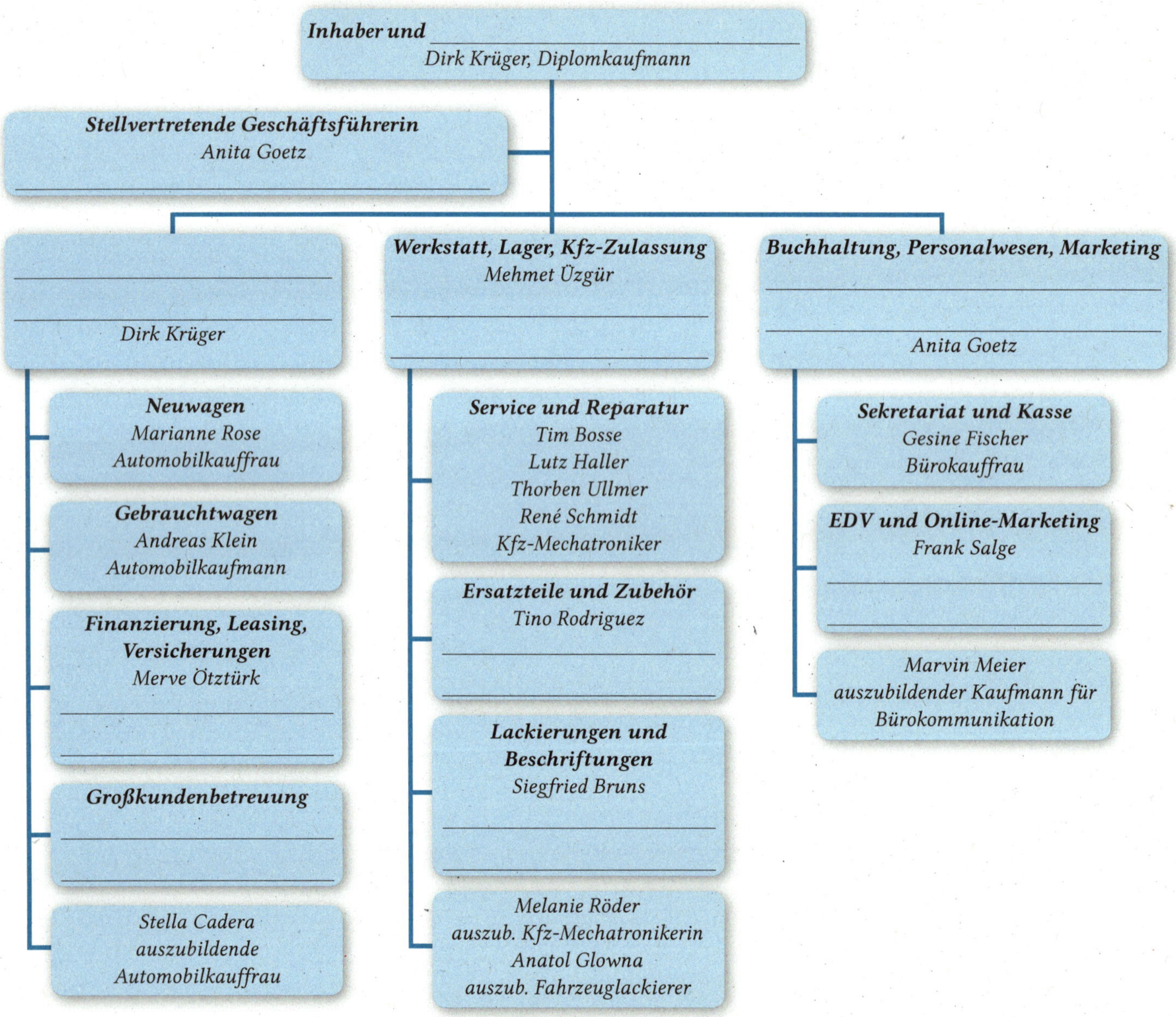

2 Das Organigramm ist noch unvollständig. Ergänze es mithilfe dieser Informationen:

a) Der Inhaber Dirk Krüger ist der Geschäftsführer **und** leitet die Abteilung Verkauf.

b) Die stellvertretende Geschäftsführerin Anita Goetz ist Betriebswirtin. Sie ist u. a. für das Qualitätsmanagement zuständig – ein Verfahren, um Produkte, Dienstleistungen und betriebliche Abläufe zu optimieren.

c) Merve Ötztürk hat sich zur Automobil-Serviceberaterin weitergebildet.
d) Kfz-Meister Mehmet Üzgür leitet die Werkstatt. Außerdem ist er der Vorgesetzte eines Fahrzeuglackierers.
e) Die Großkunden des Autohauses werden von dem Automobilkaufmann Peter Richter betreut.
f) Frank Salge hat sich als IT-Administrator qualifiziert.
g) Für Ersatzteile und Zubehör ist ein Lagerist verantwortlich.

3 Werte das Organigramm in einem Informationstext aus. Nutze die folgenden Satzanfänge.

Das Organigramm zeigt die Betriebsstruktur des Autohauses ABC-Automobile. Geleitet wird der Betrieb von ______________________________. Seine Stellvertreterin ist ______________________. Der Betrieb gliedert sich in drei große Abteilungen: Da ist erstens der Verkauf. Zu dieser Abteilung, die der Chef persönlich leitet, gehören

____

____

____.

Die zweite Abteilung besteht aus ______________________________

______________________________. Hier ist der Abteilungsleiter

____

____

____

In der dritten Abteilung geht es um ______________________________

______________________. Geleitet ______________________

____.

Zu dieser Abteilung gehören ______________________________

____

____

____.

Im Autohaus sind verschiedene Berufe vertreten. Im kaufmännischen Bereich gibt es __________

____

____.

Im handwerklichen Bereich arbeiten ______________________________

____

____.

Die vier Azubis des Autohauses werden als ______________________________

____

____ ausgebildet.

Vier Funktionen der Sprache

INFO

Vier Funktionen der Sprache

Wenn Menschen miteinander kommunizieren, vermitteln sie **vier Botschaften** verschiedener Art. Man nennt dies die **Funktionen** der Sprache:

1. Information (Sachbezug): Der Sprecher teilt etwas über eine **Sache** mit, um die es ihm geht, also zum Beispiel über ein Erlebnis: *Gestern war ich im Stadion.*

2. Beziehung (Zuwendung): Der Sprecher wendet sich dem **Hörer** zu: Er begrüßt, lobt, kritisiert oder bestätigt ihn: *Du wirst staunen!*

3. Gefühlsausdruck (Selbstkundgabe): Der Sprecher drückt seine **Gefühle** aus: Er wundert sich, schimpft oder freut sich: *Das war ein tolles Erlebnis für mich!*

4. Appell (Aufforderung): Der Sprecher **fordert** den Hörer zu etwas **auf** oder stellt Fragen, die der andere beantworten soll. *Hör mir zu!*

1 Lies dir den Text erst einmal durch. Entscheide dann, welche Art Botschaften der Sprecher jeweils vor allem übermittelt: Sachbezug, Zuwendung, Selbstkundgabe oder Aufforderung. Trage dann die Zahlen 1, 2, 3 oder 4 ein. Manchmal sind es zwei Botschaften!

________ Wir standen oben auf der Nord-Tribüne, Moritz und ich.

________ Das Stadion war total ausverkauft.

________ Es ging nämlich um den Aufstieg in die erste Liga.

________ Mann, du kannst dir nicht vorstellen, was da los war!

________ Du musst so etwas unbedingt auch mal sehen!

________ Schon nach zwei Minuten fiel das erste Tor – und zwar für den Gegner.

________ Das Geschrei und die Pfiffe konnte ich kaum aushalten.

________ Natürlich war ich auch entsetzt!

________ Aber – du glaubst es nicht – was danach passiert ist!

________ Pass auf!

________ Gleich nach dem Wiederanstoß schoss unsere Mannschaft den Ausgleich.

________ Und danach war erst einmal Ruhe im Spiel.

________ Ich kann dir jetzt nicht alles erzählen.

________ Ein Unentschieden hätte für uns nicht zum Aufstieg gereicht.

________ Deswegen waren wir alle begeistert, wie unsere Mannschaft gekämpft hat. Einfach toll!

________ Jedenfalls haben wir dann noch ein Tor geschossen. Der Aufstieg war perfekt.

________ Zum nächsten Spiel musst du unbedingt mitkommen!

Materialgestützt Argumente gewinnen und gewichten

1 Viele Schülerinnen und Schüler entscheiden sich nach der Schule für ein *freiwilliges soziales Jahr,* anstatt gleich mit einer Ausbildung zu beginnen. Was meinst du spontan dazu?

Sollten Jugendliche zwischen Schule und Beruf ein freiwilliges Jahr ableisten?

---

2 Informiere dich mithilfe des Sachtextes. Markiere mit verschiedenen Farben:
- Bezeichnungen und Abkürzungen für die freiwilligen Dienste,
- Beispiele für Einsatzorte,
- typische Tätigkeiten.

Zwischen Schule und Beruf: freiwillige Dienste bei Jugendlichen beliebt

Mit alten Menschen Karten spielen, die Fußballkinder trainieren oder im Forst mit der Motorsäge arbeiten – das sind nur wenige Beispiele für das, was ein freiwilliges Jahr Jugendlichen alles bieten kann. Das *Freiwillige Soziale Jahr* (FSJ) und das *Freiwillige Ökologische Jahr* (FÖJ) erfreuen sich bei Schulabgängern großer Beliebtheit. Sind sie doch eine gute Möglichkeit, nach der Schulzeit etwas für sich und andere zu tun – und man kann sie sogar im Ausland verbringen. FSJ und FÖJ werden ganztägig als überwiegend praktische Hilfstätigkeit in gemeinwohlorientierten Einrichtungen geleistet.

Klassische Einsatzorte für das FSJ sind Altenheime, Krankenhäuser, Behinderteneinrichtungen oder Kindertagesstätten. Aber ein Einsatz ist auch in kulturellen Einrichtungen wie beispielsweise Theatern, Museen oder Medienwerkstätten möglich. Zudem können Jugendliche während des FSJ in Sportorganisationen arbeiten. Das kann zum Beispiel das Organisieren von Sportfreizeiten umfassen, aber auch die Mitarbeit beim therapeutischen Reiten oder das Betreuen einer Jugendmannschaft. Generell gilt, dass die Teilnehmer mit der sportlichen Betreuung von Kindern und Jugendlichen zu tun haben müssen.

Das FÖJ bietet jungen Menschen Arbeitsmöglichkeiten im Umwelt- und Naturschutz. Eingesetzt werden sie zum Beispiel in Nationalparks, Forstämtern, in der ökologischen Landwirtschaft oder in Umweltwerkstätten. Mitarbeiten können sie u. a. bei der Biotoppflege, bei Schutzmaßnahmen für bedrohte Tier- und Pflanzenarten, im fairen Handel oder in der Umweltbildung.

Freiwillige Jahre sind ein Angebot an junge Menschen unter 27 Jahren, die die Vollzeitschulpflicht (je nach Bundesland mit 15 oder 16 Jahren) erfüllt haben und die freiwillig in einer gemeinwohlorientierten Einrichtung arbeiten und lernen wollen. Sie werden als Hilfskräfte zusätzlich zu den hauptberuflichen Fachkräften eingesetzt. Eine Fachkraft arbeitet sie ein, leitet sie an und steht ihnen zur Seite.

Ein freiwilliges Jahr dauert sechs bis zwölf Monate, kann aber auf 18 Monate verlängert werden. An 25 Seminartagen im Jahr werden die jungen Freiwilligen pädagogisch begleitet und in persönlichen und beruflichen Fragen unterstützt. Während des Dienstes erhalten sie ein monatliches Taschengeld, häufig auch Unterkunft und Verpflegung. Außerdem sind sie beitragsfrei in der gesetzlichen Krankenkasse versichert – sowie in der Renten-, Unfall-, Arbeitslosen- und Pflegeversicherung. Für die Eltern besteht Anspruch auf das gesetzliche Kindergeld.

3 Notiere dir weitere wichtige Informationen zu **FSJ** und **FÖJ** in Stichpunkten.

Anforderungen an Bewerber und Bewerberinnen:

Leistungen für Bewerber und Bewerberinnen:

Organisatorisches und Sonstiges:

4 Was ist aus deiner Sicht ein wichtiges Motiv, sich **für** ein *freiwilliges Jahr* zu entscheiden?

5 Was ist aus deiner Sicht ein wichtiges Motiv, sich **gegen** ein *freiwilliges Jahr* zu entscheiden?

6 Lies das folgende Balkendiagramm. Worüber gibt es Auskunft?

Ehemalige FSJ-Teilnehmer und FSJ-Teilnehmerinnen sagten:

7 Notiere, welche Ergebnisse der Umfrage dich besonders beeindrucken.

8 Wer spricht sich in den folgenden **Statements für** bzw. **gegen** ein freiwilliges Jahr aus?
- Notiere daneben jeweils ***pro*** oder ***contra***.
- Markiere die Pro- oder Contra-Argumente, die in den Äußerungen stecken.

*Für manche mag ja ein **freiwilliges Jahr** das Richtige sein. Für mich ist das definitiv nichts. Und so wie mir geht es doch vielen. Längst nicht jeder interessiert sich für soziale Aufgaben. Viele Jugendliche wünschen sich einen kaufmännischen oder technischen Beruf.*
Mirja, Schülerin

____

Ich wünsche mir, dass sich mein Sohn nach seinem Abschluss für ein FÖJ entscheidet. Da können die Jugendlichen etwas Sinnvolles tun und auch einmal über den Tellerrand schauen. Außerdem gewinnen sie Zeit, um sich persönlich und beruflich zu orientieren.
Carmen, Mutter

____

*Mein Bruder hat ein **freiwilliges Jahr** gemacht und leider nicht nur positive Erfahrungen gemacht. Für seine harte körperliche Arbeit hat er keinen Dank bekommen, nur ein kleines Taschengeld. Es ist schade, wenn engagierte Freiwillige als billige Hilfskräfte ausgenutzt werden.*
Linus, Schüler

____

Zum Glück hat meine Tochter eine gute Ausbildungsstelle in ihrem Wunschberuf gefunden, die sie gleich nach der Schule antreten kann. Warum sollte sie da noch Zeit bei der beruflichen Ausbildung verlieren? Wer weiß, ob sich ihr diese Chance später noch einmal bieten würde?
Torsten, Vater

____

*Wir stellen gern Auszubildende ein, die ein FSJ oder ein FÖJ gemacht haben. Diese Jugendlichen haben ihren Altersgenossen oft einiges voraus bei den sozialen Kompetenzen für das Arbeitsleben. Ein **freiwilliges Jahr** ist eine gute Vorbereitung.*
Elena, Personalchefin

____

____

Mir ist es wichtig, mich für Hilfsbedürftige zu engagieren. Schon deshalb möchte ich ein FSJ machen. Am liebsten hätte ich eine Stelle in einem Krankenhaus, um dort den Berufsalltag über einen längeren Zeitraum kennenzulernen. So könnte ich erfahren, ob eine spätere Ausbildung in einem Pflegeberuf oder als Sanitäter etwas für mich wäre.
Cem, Schüler

9 Nutze nun deine Arbeitsergebnisse aus Aufgabe 8 von Seite 45 und stelle **jeweils drei Pro-** und drei **Contra**-Argumente **stichpunktartig** in der Tabelle zusammen. Achte darauf, dass du die Behauptungen mit **Begründungen, Beispielen** und **Folgen** untermauerst.

Sollten Jugendliche zwischen Schule und Beruf ein freiwilliges Jahr ableisten?

☐ **Pro-Argument**	☐ **Contra-Argument**
• *Behauptung: positive Auswirkung auf die persönliche Entwicklung*	• *Behauptung: direkter Start ins Berufsleben ist besser*
• *Begründung:*	• *Begründung:*
• *Beispiel / Folge:*	• *Beispiel / Folge:*
☐ **Pro-Argument**	☐ **Contra-Argument**
• *Behauptung:*	• *Behauptung:*
• *Begründung:*	• *Begründung:*
• *Beispiel / Folge:*	• *Beispiel / Folge:*
☐ **Pro-Argument**	☐ **Contra-Argument**
• *Behauptung:*	• *Behauptung:*
• *Begründung:*	• *Begründung:*
• *Beispiel / Folge:*	• *Beispiel / Folge:*

10 Entscheide, welche Position (**Pro** oder **Contra)** **du** am Schluss in deiner Erörterung vertreten möchtest.

INFO

Das Sanduhrprinzip

In **Erörterungen** können die Argumente nach dem **Sanduhrprinzip** geordnet und **gewichtet** werden. Man beginnt mit den Argumenten, die **nicht** dem **eigenen Standpunkt entsprechen**. **Erst dann** folgen die Argumente, die den **eigenen Standpunkt stützen.** Dabei steht das **ausschlaggebende Argument** stets an **letzter Stelle**.

11 Nummeriere die Argumente deiner Tabelle nach dem **Sanduhrprinzip**:

- Die **1** ist das wichtigste **Contra-Argument**, das du **nicht vertrittst**. Es folgen mit **2** und **3** die weniger wichtigen **Contra-Argumente**.
- Nicht ganz so wichtige **Pro-Argumente**, die du **vertrittst**, sind die **4** und **5**.
- Die **6** ist dein letztes und **wichtigstes** Argument, um deinen Standpunkt **überzeugend** zu darzulegen.

Eine Erörterung ausformulieren – Argumente entfalten

1 Ergänze die folgende **Einleitung** mit einigen Sachinformationen zu den *freiwilligen Diensten* (Seite 43) und beende die Sätze.

Sollten Jugendliche zwischen Schule und Beruf ein freiwilliges Jahr ableisten?

Wer 16 Jahre alt ist und die Vollzeitschulpflicht erfüllt hat, der kann nach der Schulzeit ein freiwilliges soziales oder ökologisches Jahr ableisten. Diese Dienste ...

Aber welche Erfahrungen machen die Jugendlichen, wenn sie also z. B. Kröten über die Landstraße helfen oder mit alten Leuten spazieren gehen? Bringt sie der Freiwilligendienst persönlich oder beruflich voran? Auch für mich stellt sich die Frage, ob man nach der Schule ...

2 Nutze deine Argumente von Seite 46, die du bereits nach dem Sanduhrprinzip geordnet hast.

- Leite den Hauptteil mit deinem ersten Argument ein, das **nicht** deinem Standpunkt entspricht, und entfalte es.
- Formuliere dein **Argument Nr. 1** aus: Behauptung + Begründung + Beispiel.

Sicherlich spricht einiges dafür / dagegen, dass sich Jugendliche ...

Das wichtigste Argument dabei ist wohl, dass ...

Denn ...

Das bestätigt auch das folgende Beispiel / Umfrageergebnis ...

3 Entfalte deine **Argumente Nr. 2** und **3** und schreibe sie auf.

Ein weiteres Argument für / gegen …

weil …

Als Beispiel möchte ich dazu *anführen, …*

Außerdem sollte man nicht vergessen, dass…

Denn …

Zum Beispiel …

4 Leite jetzt zum Standpunkt über, **den du vertrittst**.
Formuliere hier die **Argumente Nr. 4, 5** und **6** mit **Behauptung, Begründung** und **Beispiel / Folgen** aus

Jedoch gibt es auf der anderen Seite viele gute Gründe, die für / gegen …

So darf nicht unerwähnt bleiben, dass …

weil …

Beispielsweise …

Wichtig finde ich auch als Argument, dass …

Denn …

Zum Beispiel …

Das wichtigste Argument ist aber, dass …

weil …

Das lässt sich eindrucksvoll mit Beispielen / Umfrageergebnissen belegen:

5 Schreibe nun deine **Schlussgedanken** auf. Arbeite im Heft oder in der Mappe.
Beachte die folgenden **Arbeitsschritte** und den **WORTSCHATZ: TEXTBAUSTEINE**.

Arbeitsschritte

- Wäge das **Pro** und **Contra** ab.
- Äußere **deinen** Standpunkt.
  Begründe deinen Standpunkt noch einmal kurz mit deinem ausschlaggebenden Argument.
- tt ttt Würdige und entkräfte ein wichtiges Gegenargument.
- Bekräftige deine Entscheidung. Nenne gegebenenfalls deine Bedingungen und Forderungen.

WORTSCHATZ: TEXTBAUSTEINE

Nachdem ich nun das Pro und Contra erörtert habe, überwiegen für mich …
Neben … spricht vor allem dafür / dagegen, dass …
Ausschlaggebend ist für mich aber …
Darum finde ich es wichtig, …
Zwar räume ich ein, dass für / gegen ein freiwilliges Jahr zweifellos spricht, …
So ist es für mich in Ordnung, wenn Jugendliche ein / kein freiwilliges Jahr …
Doch aus meiner Sicht ist es entscheidend, dass …
Ich persönlich möchte deshalb …
Denn insgesamt überwiegen für mich eindeutig die Vorteile / Nachteile …
Für mich steht darum fest, dass …
Meine Bedingung ist allerdings …
Man sollte unbedingt beachten, dass…
Ich selber werde deshalb …, denn mir ist es sehr wichtig …
Für mich kommt es deshalb durchaus / nicht infrage …

Katharina Bendixen: Taras Augen – Inhaltssicherung

Wie gut kennst du dich mit dem Roman „Taras Augen“ aus?
Nutze die folgenden beiden Seiten, um dein Wissen zu testen.

I Quiz zum Inhalt des Textes

1 Beantworte die folgenden Fragen richtig.
Markiere die richtigen Lösungen und erhalte somit das Lösungswort.

a) Welche Sportart übt Tara aus?

S: Schwimmen **C:** Klettern **K:** Rudern

b) Welche Figur ist bei der Explosion ums Leben gekommen?

I: Henk **M:** Tuli **L:** Kent

c) Wer hat Alún das Zeichnen beigebracht?

A: Rose **G:** Aino **P:** Anse Len Griven

d) Wie heißt Taras Rückzugsort?

B: Florazol **P:** Florazul **S:** Florazel

e) Welche Ursache hat Taras Unfall mit dem Elektroroller?

W: Ein Reifen ist geplatzt. **K:** Sie rutscht auf dem Schotter aus.

H: Ihr Blickfeld ist eingeschränkt.

f) Welches Schicksal erleidet Alúns Kater Io?

O: Er erblindet. **U:** Er verliert ein Bein. **E:** Sein Fell verfärbt sich.

g) Wie lautet Stes richtiger Vorname?

K: Luna **N:** Juna **M:** Muna

h) Welche Romanfigur wird mithilfe der Überwachungsdrohnen wiedergefunden?

A: Liva **U:** Tara **E:** Lone

Lösungswort: ______________________________

II Wer hat's gesagt?

2 Folgende Zitate stammen von unterschiedlichen Figuren des Romans.
- Ordne die Textpassagen den entsprechenden Figuren zu.
- Überlege, in welcher Situation diese Aussagen getroffen worden sind.

Ronin – Kent – Ste – Tara – Liva – Lone – Beer – Alún – Rose

a) „Ich kenne tausend Leute, die zeichnen können. Aber darunter ist niemand, der einem so kleinen Bild so viel Leben einhauchen kann. Das Auge auf deiner Fliese berührt mich. Ich will sofort wissen, wem es gehört, und ich will von diesem Menschen angeschaut werden. Das kannst du dir unmöglich selbst beigebracht haben." ____________
(Auszug aus: Taras Augen, S. 61)

b) „Für die Gelbe Zone interessiert sich niemand und durch diese Krankheit wird das noch schlimmer. Vermutlich werden unsere SigPhones demnächst ausgerankt und damit existieren wir nicht mehr. Wir können von Glück reden, wenn um die Gelbe Zone keine Mauer gezogen wird." ____________
(Auszug aus: Taras Augen, S. 140)

c) „Genau. Sie macht Figuren von Menschen, die die Explosion erleben, und die Kunstszene kriegt sich darüber gar nicht mehr ein. Angeblich gibt Aino mit ihrer Serie dem Tod ein Gesicht. Sie zeigt, wie ästhetisch abgrundtiefe Trauer sein kann und dass es auch im Schatten Licht gibt [...]." ____________
(Auszug aus: Taras Augen, S. 246)

d) „Du bist verloren, wenn du die Welt nicht mehr wahrnehmen und zu Papier bringen kannst. Das Einzige, was du hast, ist dein Blick und den darfst du nicht verlieren." ____________
(Auszug aus: Taras Augen, S. 209)

e) „Es dauert einen Moment, bis ich schalte. Die Securities haben alle Strahlen des Sternmarschs gestoppt und das ist jetzt das Warnsignal. Genau so hat Zeli diesen Ton beschrieben. Was sie sonst noch gesagt hat, stimmt leider nicht. Zumindest stimmt es nicht, dass TNE nur sprengt, wenn die Rote Zone menschenleer ist. Mindestens eine Person hält sich dort auf – eine Person, die weder die Securities noch die Aktivisten auf dem Schirm haben, und ab jetzt habe ich genau dreißig Minuten, um diese Person zu finden." ____________
(Auszug aus: Taras Augen, S. 350–351)

f) „Vertrau mir, Tara. Ich weiß über Alún mehr, als du denkst." ____________
(Auszug aus: Taras Augen, S. 283)

g) „Er muss Hunger haben." [...] „Wer füttert ihn denn jetzt?" ____________
(Auszug aus: Taras Augen, S. 241)

h) „Ich wollte sagen, wie nah ich mich ihr fühle – eine Nähe, die ich mir nicht erklären kann. Es ist so was wie Verliebtheit, aber es ist auch etwas anderes. Außerdem gibt es ja noch Alún." ____________
(Auszug aus: Taras Augen, S. 192)

i) „Das kann nicht euer Ernst sein." [...] „Ihr nutzt Docwarn, um euch abzusetzen?" ____________
(Auszug aus: Taras Augen, S. 20)

Katharina Bendixen: Taras Augen – Produktive Schreibaufgaben

Einige Stellen in dem Roman „Taras Augen“ laden dazu ein, selbst schreibend aktiv zu werden. Die folgenden beiden Aufgaben bieten dir genau dafür die Möglichkeit.

I Taras und Alúns Liebesgeschichte – Eine Fortsetzung schreiben

„Kann es sein, dass du mich vorhin angerufen hast?“, frage ich.
„Das erste Mal war ich“, sagt sie. „Die anderen Anrufe kamen von Juna.“
„War leider gerade etwas ungünstig“, sage ich. „Jetzt habe ich Zeit.“ *(Auszug aus: Taras Augen, S. 357)*

1 Der dritte Teil des Romans endet an genau dieser Stelle, doch die Geschichte von Tara und Alún ist sicher noch lange nicht zu Ende erzählt. Wie geht es mit den beiden weiter? Schreibe eine Fortsetzung dieser Szene.

II Ein Teenagerleben in der Gelben Zone – Ein Interview vervollständigen

„Und jetzt stellt euch vor, ihr könntet den Verantwortlichen von TNE etwas sagen."
Trotz unserer absurden Antworten macht Silver einfach weiter. „Was wäre das?"
(Auszug aus: Taras Augen, S. 71)

2 Welche „absurden Antworten" könnten die Jugendlichen aus der Gelben Zone den Verantwortlichen von TNE gegeben haben?

- Erleben die Jugendlichen ihr neues Leben als frei und glücklich – oder haben sie Angst vor der Zukunft?
- Fülle die Lücken des Interviews und schreibe **deine eigene Version** des Gespräches zwischen den Jugendlichen und dem Journalisten Silver.

Katharina Bendixen: Taras Augen – Eine literarische Figur in den Blick nehmen

Drei Jahre nach den Ereignissen rund um die Explosion der Factory 11 treffen wir Ste als Angestellte in einem Kino wieder. Während einer ihrer Schichten trifft sie dort auf eine fremde Frau, die sie in ein Gespräch über den bevorstehenden Prozess gegen TNE verwickelt.

1 Lies den folgenden Textauszug, in dem Ste mit ihrer Vergangenheit konfrontiert wird.

Auszug aus: Taras Augen, S. 363–369

„Welcher Prozess?" Ich weiß genau, welchen Prozess die Frau meint. Und ja, ich werde die Monitornews verfolgen, auch wenn ich das eigentlich nicht will.

„Die Berufung wegen dem Unfall in der Factory 11. Sieht alles danach aus, als würde TNE den nächsten Freispruch bekommen. Aber vielleicht hat die Gegenseite ausnahmsweise Glück und kriegt im letzten Moment noch den entscheidenden Beweis zugespielt." Die Frau lehnt sich über den Tresen. [...] „Manar hat erzählt, dass du ihr vor drei Jahren regelmäßig beim Kuchenbacken geholfen hast. Hast du noch mehr drauf, als Teig anzurühren?"

„Woran hast du gedacht?"

Die Frau sieht mich erstaunt an. „Wir konnten aus dem Wasser des Zigosees eine Substanz extrahieren, die in Tierversuchen zu einer Degeneration des Sehnervs geführt hat. Wir haben auch nachgewiesen, dass diese Substanz aus einem neuartigen Zytostatikum stammt, mit dem TNE kurz nach der Explosion in die Phase-1-Studie gehen wollte, und dass dieses Medikament in keinem Zertifikat auftaucht. Der Beweis, dass es tatsächlich in Factory 11 hergestellt wurde, fehlt uns aber noch."

„Angenommen, ich wüsste, wovon du redest, und könnte dir irgendwie helfen – wie wollt ihr das vor Gericht verwenden?"

„Wir berufen uns auf eine geheime Quelle."

„Hat einer von euch Jura studiert? Vor dem Districtgericht gibt es keinen Quellenschutz."

„Dafür, dass der Prozess dich nicht interessiert, kennst du dich ziemlich gut aus." Die Frau legt den Kopf schief, als müsste sie nachdenken. „Wir können sagen, dass wir einen Privatsecurity beauftragt haben. Es hat uns misstrauisch gemacht, dass TNE ein Medikament gegen Sehnervdegeneration in Auftrag gegeben hat. Das klang für uns nach einem Schuldeingeständnis."

„Und als TNE mit einem Medikament zufrieden war, das die Erblindung aufhalten kann, wart ihr da immer noch misstrauisch? TNE hat gar nicht versucht, den Rückkehrern zu helfen. Es haben nur die Leute profitiert, die noch nicht vollständig erblindet waren." [...]

„Stepovic ist kein häufiger Name", sagt sie mit vollem Mund.

Ich nicke. „Das stimmt."

„Vielleicht interessieren sich die Leute vom Kino dafür, wer ihre Tickets verkauft.

Ich schaue die Frau an. Sie stopft sich Popcorn in den Mund. Offenbar hat sie Hunger und offenbar will sie mich auf die armseligste Weise erpressen. [...]

Ich umklammere den Lappen. Ich darf jetzt den Kopf nicht heben.

„Tara hat auch anders über dich gesprochen."

Jetzt schaue ich doch hoch. „Was hat sie gesagt?"

„Habe ich vergessen." [...]

„Sie lebt aber schon noch dort?"

„Du meinst Tara?" Die Frau zuckte mit den Schultern. „Soweit ich weiß."

„Und Alún?"

„Ich denke schon."

„Warst du mal drin?"

„Ich habe bei der Umsiedlung geholfen. Danach haben sie das Gebiet ziemlich schnell geschlossen. Die Neuen haben der Gruppe nicht gutgetan." Sie schiebt die zusammengeknüllte Popcorntüte auf dem Tresen hin und her. „Wie es weitergeht, hängt auch vom Prozess ab. Wenn wir eine vernünftige Entschädigung rausholen, können sie sich ein Stück Land dazukaufen. Wie in der Gelben Zone wird es sicher nicht, aber sie hätten zumindest eine realistische Chance, sich etwas aufzubauen." [...]

„Meinst du, dir fällt wieder ein, was Tara gesagt hat?", frage ich.

„Glaube ich nicht", sagt die Frau.

„Und was ist, wenn mir etwas einfällt? Wenn ich zum Beispiel einen Stick mit den Zertifikaten der Factory 11 finde?"

„Dann wirfst du einen Blick hier rein." Die Frau lässt die zusammengeknüllte Popcorntüte in den Papierkorb fallen. „Das machst du aber erst, wenn du allein bist."

Dann drückt sie sich vom Tresen ab und im nächsten Moment ist sie weg. Ich schaue zum Papierkorb. Er ist bis zum Rand mit leeren Popcorntüten gefüllt, die Frau hat ihre Tüte ziemlich in der Mitte platziert. Ich präge mir die Lage ein, [...].

2 Ste bleibt bis zum Schluss eine der geheimnisvollsten Figuren des gesamten Romans.
- Stelle alle Informationen, die du über sie im Verlauf der gesamten Handlung erhalten hast, in einer übersichtlichen Form zusammen.
- Nutze dazu die angefangene Mindmap und ergänze sie.

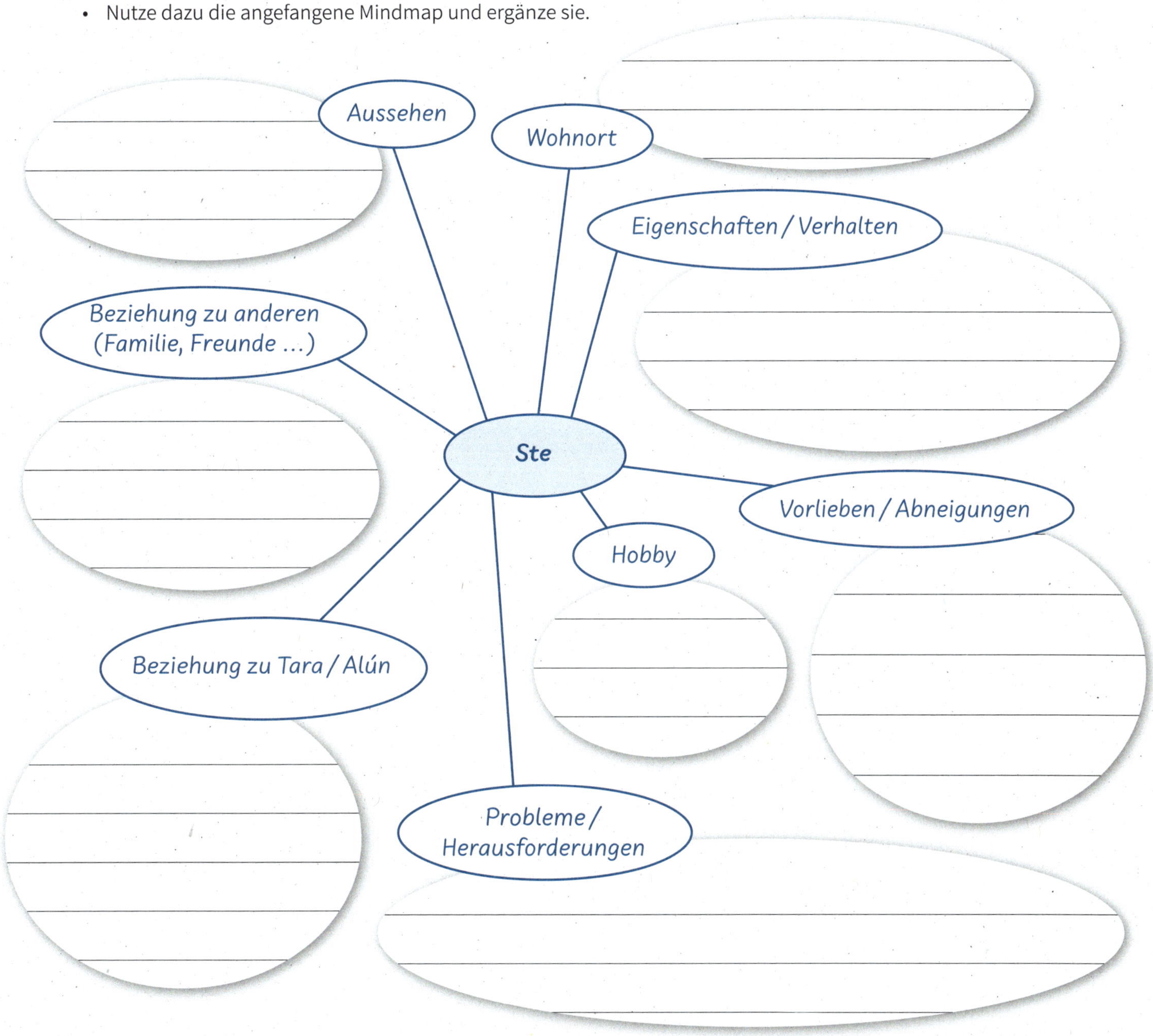

3 Stes Reaktion auf die Begegnung mit der Frau im Kino wird im Buch nicht weiter ausgeführt – das Ende bleibt offen. Fülle diese Leerstelle, in dem du Fragen an Ste formulierst, die du selbst nach dem Lesen des Romans sicherlich immer noch hast.

4 Ste möchte unbedingt erfahren, was Tara über sie erzählt hat.
Stell dir vor, Tara würde tatsächlich kurz vor Prozessbeginn versuchen, zu Ste in Form eines Briefes Kontakt aufzunehmen.
Leihe Tara deine Stimme und verfasse diesen Brief an Ste.

- Erzähle davon, wie Tara ihre gemeinsame Zeit in der Gelben Zone in Erinnerung hat.
- Beschreibe auch, was Tara von Ste hält, nachdem sie von Stes wahrer Identität erfahren hat.
- Entscheide, ob Tara versuchen wird, Ste von der Beteiligung am Prozess zu überzeugen.

Ein fiktives Interview mit William Shakespeare

1 Informiere dich zunächst mithilfe des Infokastens darüber, was das Besondere an einem fiktiven Interview ist.

INFO

Ein fiktives Interview

Ein fiktives Interview ist ein erdachtes Gespräch zwischen einem Interviewer und einer literarischen Figur bzw. einer (historischen) Persönlichkeit / einem Künstler / einer Künstlerin. Das Interview selbst hat aber in der Realität nie stattgefunden.
Der Interviewer stellt in einem solchen fiktiven Gespräch nicht nur die Fragen, sondern formuliert auch die möglichen, denkbaren Antworten. Das aber kann die interviewende Person nur auf der Grundlage vorliegender Fakten und Texte der oder über die zu befragende Person / Figur.
Der Interviewer muss also die Person / Figur sehr gut kennen und verstehen.
Das Schreiben eines fiktiven Interviews ist eine Möglichkeit, Texte oder Standpunkte von Personen inhaltlich zu erfassen und zu verstehen

2 Lies hier zunächst die **Überschrift**, den **Untertitel** und die **Einführung** zum Interview auf Seite 58.
- Um wen geht es in diesem Text? Was weißt du bereits über diese Person und ihre Lebenszeit?
- Wie deutest du die Überschrift des Interviews?

Kaviar fürs Volk

Interview mit dem weltberühmten Dichter und Dramatiker William Shakespeare, der vor 460 Jahren geboren wurde

Nach Matthias Zwarg

Chemnitz:
Vor 460 Jahren soll der Dichter und Dramatiker William Shakespeare in Stratford-upon-Avon das Licht der Welt erblickt haben. Verbrieft ist das nicht, denn man hat im Kirchenregister nur den 26. April 1564 als Taufdatum gefunden. Und es gibt weitere Rätsel um sein Leben.
Gewiss aber ist, dass der englische Poet Komödien, Tragödien sowie Sonette schrieb, die unsterblich wurden – mit einer Vielzahl von berühmten Zitaten.
Einige dieser Zitate sind in das folgende fiktive Interview auf Seite 58 eingeflossen, das Matthias Zwarg mit dem genialen Dichter und Dramatiker geführt hat.

3 Lies dir nun das vollständige Interview in Ruhe durch.

Zwarg: Verehrter Herr Shakespeare, wir begehen heute den Welttag des Buches. Sie haben allein 38 Dramen verfasst. Aber haben Sie Ihre Texte wirklich selbst geschrieben? Oder haben Sie diktiert?

Shakespeare: Das Beste beim Diktieren ist: Man kann Worte verwenden, von denen man keine Ahnung hat, wie sie geschrieben werden.

Zwarg: Sie haben sich damals mit Macht und Ohnmacht, Kriegen und Intrigen beschäftigt. Hat sich die Welt seitdem geändert?

Shakespeare: Noch immer riecht es hier nach Blut.

Zwarg: Woran liegt es, dass die Menschen nicht in Frieden miteinander leben können?

Shakespeare: Die Hölle ist leer, alle Teufel sind hier! Es gäbe ihrer nicht so viele, wenngleich der erste, der Erlasse brach, sein Tun gebüßt hätte.

Zwarg: Warum soll man nicht einmal einen Erlass brechen?

Shakespeare: Der Größe Missbrauch ist, wenn von der Macht sie das Gewissen trennt. Im Überfluss zu sündigen, ist schlimmer als Lüge aus Not, und Falschheit zeigt sich böser im König als im Bettler.

Zwarg: Warum sind wir so eigen- und streitsüchtig, so intolerant?

Shakespeare: Das ist die ausbündige Narrheit dieser Welt, das wir die Schuld unsrer Unfälle auf Sonne, Mond und Sterne schieben, als wenn wir Schurken wären durch Notwendigkeit; Narren durch himmlische Einwirkung; Schelme, Diebe und Verräter durch die Übermacht der Sphären; Trunkenbolde, Lügner und Ehebrecher durch erzwungene Abhängigkeit von planetarischem Einfluss. Ein wunderbares Hintertürchen für den Menschen, seine Fehler abzuwälzen.

Zwarg: Oder auch eine Religion, eine Ideologie ...

Shakespeare: Ringsum diese Lumperei, diese Gaukelei! Der ganze Anlass ist der Hurenbock Mensch und ein Gehörnter: schöner Streitgrund, dass sich darum viehisch Parteien zusammenrotten und dran sich zu Tode bluten. ... Krieg und Geilheit bringt sie alle um!

Zwarg: Gäbe es denn einen Ausweg?

Shakespeare: Das Schlimmste fürchten, heilt oft das Schlimmere.

Zwarg: Was müssten wir ändern, damit es anders würde?

Shakespeare: Wer die Gewalt hat, doch ihr Wirken hemmt, der ist des Himmels Liebling. Es soll ein Freund des Freundes Schwächen tragen.

Zwarg: Über Sie persönlich ist wenig bekannt. Wie geht es denn so privat?

Shakespeare: Ich wäre nur wenig glücklich, wenn ich sagen könnte, wie sehr ich es bin.

Zwarg: Wenn Sie trotzdem drei Wünsche frei hätten ...

Shakespeare: 1. Lasst die Schauspieler gut behandeln, denn sie sind der Spiegel und die abgekürzte Chronik des Zeitalters. 2. Kaviar für das Volk. 3. Gebt mir Aquavit.

Zwarg: Aber Kaviar gibt es doch in jedem Supermarkt ...

Shakespeare: Nicht genug, dem Schwachen aufzuhelfen, auch stützen muss man ihn.

Zwarg: Zum Abschluss die obligatorische Frage: Was würden Sie jungen Künstlern heute mit auf den Weg geben?

Shakespeare: Mehr Inhalt, weniger Kunst!

Zwarg: Vielen Dank für das Gespräch.

Die Antworten / Zitate stammen aus verschiedenen Dramen und Sonetten[1] von William Shakespeare.

4 Welche Aussagen in diesem Interview überraschen dich?
- Markiere solche Textstellen.
- Übertrage dazu anschließend Stichpunkte in dein Heft oder in deine Mappe.

5 Markiere in einer anderen Farbe, welche Ursachen Shakespeare dafür nennt, dass es in unserer Welt heute immer noch Krieg, Gewalt, Intrigen, Machtmissbrauch und Intoleranz gibt.

[1] Sonett: Gedicht mit 14 Versen in folgender Stropheneinteilung: 4, 4, 3, 3

6 Welche Vorschläge macht Shakespeare zur Schaffung einer friedlicheren Welt? Schreibe diese Lösungsvorschläge hier mit deinen Worten auf.

7 Die Schlagzeile des Interviews lautet: **„Kaviar fürs Volk"**. Dieses Zitat stammt aus Shakespeares berühmtem Drama „Hamlet" und bezeichnet darin eine Speise, die dem Volk damals nicht zugänglich war.

- In welchem Zusammenhang steht das Wort in diesem Interview?
- Und was fordert Shakespeare darüber hinaus für hilfsbedürftige Menschen?

8 Wie verstehst du die Antwort von Shakespeare auf die Frage, ob er persönlich glücklich ist?

9 Notiere einmal **deine Fragen**, die du William Shakespeare gern stellen würdest.

- Recherchiere anschließend zum Beispiel im Internet, welche Antworten es darauf geben könnte.
- Vielleicht wirst du auch im Drama „Romeo und Julia" fündig oder in einem der über 100 Sonette des berühmten Dichters.

Balladen-Kino – Eine Ballade der Romantik verstehen und gestalten

Die Beziehung zwischen Mensch und Natur ist eines der beliebtesten Themen der Literatur der Romantik. Neben idyllischen und beschaulichen Orten spielen jedoch auch Landschaften eine große Rolle, von denen eine gewisse schaurige Stimmung ausgeht.

Annette von Droste-Hülshoff wählte beispielsweise das **Moor** als Schauplatz für ihre 1842 erstmals erschienene Ballade **„Der Knabe im Moor“**.

1 Folge dem Knaben ins gruselige Moor mit seinen geisterhaften Erscheinungen und gespenstischen Geräuschen.
- Lies den Text zunächst mehrmals in Ruhe.
- Mache dir nach dem Lesen jeder einzelnen Strophe klar, worum es gerade geht.
- Was **sieht, fühlt** und **riecht** der Junge auf seinem Weg durchs Moor?
  Was glaubt er wahrzunehmen, wovor hat er Angst?
  Gelingt ihm das Durchqueren des Moores überhaupt?
- Verwandle die Geschichte des verängstigten Jungen anschließend in ein anschauliches Balladen-Kino.
  Stelle dazu die die Handlung als Bildergeschichte dar. Nutze dafür die Rahmen neben den Strophen.

„Der Knabe im Moor“

Annette von Droste-Hülshoff

O schaurig ist's übers Moor zu gehn,
Wenn es wimmelt vom Heiderauche,
Sich wie Phantome die Dünste drehn
Und die Ranke häkelt am Strauche,
Unter jedem Tritte ein Quellchen springt,
Wenn aus der Spalte es zischt und singt! –
O schaurig ist's übers Moor zu gehn,
Wenn das Röhricht knistert im Hauche!

Fest hält die Fibel das zitternde Kind
Und rennt, als ob man es jage;
Hohl über die Fläche sauset der Wind –
Was raschelt drüben am Hage?
Das ist der gespenstische Gräberknecht,
Der dem Meister die besten Torfe verzecht;
Hu, hu, es bricht wie ein irres Rind!
Hinducket das Knäblein zage.

Vom Ufer starret Gestumpf hervor,
Unheimlich nicket die Föhre,
Der Knabe rennt, gespannt das Ohr,
Durch Riesenhalme wie Speere;
Und wie es rieselt und knittert darin!
Das ist die unselige Spinnerin,
Das ist die gebannte Spinnlenor',
Die den Haspel dreht im Geröhre!

Voran, voran! Nur immer im Lauf,
Voran, als woll es ihn holen!
Vor seinem Fuße brodelt es auf,
Es pfeift ihm unter den Sohlen
Wie eine gespenstige Melodei;
Das ist der Geigemann ungetreu,
Das ist der diebische Fiedler Knauf,
Der den Hochzeitheller gestohlen!

Da birst das Moor, ein Seufzer geht
Hervor aus der klaffenden Höhle;
Weh, weh, da ruft die verdammte Margret:
„Ho, ho, meine arme Seele!"
Der Knabe springt wie ein wundes Reh;
Wär nicht Schutzengel in seiner Näh,
Seine bleichenden Knöchelchen fände spät
Ein Gräber im Moorgeschwele.

Da mählich gründet der Boden sich,
Und drüben, neben der Weide,
Die Lampe flimmert so heimatlich,
Der Knabe steht an der Scheide.
Tief atmet er auf, zum Moor zurück
Noch immer wirft er den scheuen Blick:
Ja, im Geröhre war's fürchterlich,
O schaurig war's in der Heide.

Vorlesen und Vortragen

Ein Gedicht so vorzutragen, dass andere gern zuhören, kann eine Freude sein. Doch dazu ist nötig:

- dass man deutlich spricht,
- dass man die richtigen Wörter betont,
- dass man an den richtigen Stellen kleine Pausen macht,
- dass man nicht zu schnell spricht,
- dass man das Publikum anschaut.

1 Lies dir das Gedicht vor, sodass du dich selbst hören kannst.
- Betone dabei die unterstrichenen Wörter.
- Halte **kurz** inne, wo ein Pausenzeichen (|) steht
- und etwas länger, wo eine Strophe zu Ende ist (||).
- Der Pfeil (↱) gibt an, dass hier der Satz weitergeht und die Stimme **nicht** absinken darf (Enjambement).

2 Füge die Vorlesezeichen in die letzten drei Strophen selbst ein. Auch das gelingt dir nur, wenn du sprechend ausprobierst, ob es z. B. so besser klingt:
Er schaut nur hinauf auf die Höh'
oder so:
Er schaut nur hinauf auf die Höh'

Beim **Vortragen** des Gedichtes kann es sehr wirksam sein, wenn du den Text **halb auswendig** kannst. So kannst du dein Publikum immer wieder einmal **anschauen**.

3 Übe das Sprechen des Gedichtes so lange, bis du sicher bist, dass es deinem Publikum gefallen könnte.

Die Loreley

Heinrich Heine

Ich weiß nicht, | was soll es bedeuten, ↱
Dass ich so traurig bin; |
Ein Märchen aus alten Zeiten, ↱
Das kommt mir nicht aus dem Sinn. ||

Die Luft ist kühl | und es dunkelt, |
Und ruhig fließt der Rhein; |
Der Gipfel des Berges funkelt ↱
Im Abendsonnenschein. ||

Die schönste Jungfrau sitzet ↱
Dort oben wunderbar; |
Ihr gold'nes Geschmeide[1] blitzet, ↱
Sie kämmt ihr goldenes Haar. ||

Sie kämmt es mit goldenem Kamme
Und singt ein Lied dabei;
Das hat eine wundersame,
Gewaltige Melodei.

Den Schiffer im kleinen Schiffe
Ergreift es mit wildem Weh;
Er schaut nicht die Felsenriffe,
Er schaut nur hinauf auf die Höh'.

Ich glaube, die Wellen verschlingen
Am Ende Schiffer und Kahn;
Und das hat mit ihrem Singen
Die Loreley getan.

[1] gold'nes Geschmeide: goldener Schmuck

4 Bereite auch dieses Gedicht für deinen Vortrag vor. Ergänze alle Vorlesezeichen, die in den letzten Strophen noch fehlen.

5 Die beiden Gedichte sollten aber nicht nur gut betont vorgetragen werden – sie haben auch einen ganz unterschiedlichen „Sprechton“:

- Heines „Loreley“ ist ein **romantisches Gedicht**, das eher leise und melancholisch vorgetragen sein möchte.
- Kästners Gedicht ist dagegen ein **satirischer Text**, der etwas lauter, eher sachlich und spöttisch gelesen sein will.

Hier solltest du also einmal zeigen, dass du auch auf ganz unterschiedliche Weise sprechen kannst.

6 Übe Kästners Gedicht ein, indem du dir das Gedicht mehrere Male vorliest.

7 Erprobe dann, wie du beiden Gedichten in ihren ganz unterschiedlichen Sprechfassungen gerecht werden kannst.

Der Handstand auf der Loreley

Erich Kästner

Die Loreley, | bekannt als Fee und Felsen, ↱
ist jener Fleck am Rhein, | nicht weit von Bingen, ↱
wo früher Schiffer | mit verdrehten Hälsen, ↱
von blonden Haaren schwärmend, | untergingen. ||

Wir wandeln uns. | Die Schiffe inbegriffen. //
Der Rhein ist reguliert | und eingedämmt. //
Die Zeit vergeht. | Man stirbt nicht mehr beim Schiffen, ↱
bloß weil ein blondes Weib | sich dauernd kämmt. ||

Nichtsdestotrotz geschieht auch heutzutage ↱
noch manches, | was der Steinzeit ähnlich sieht. /
So alt ist keine deutsche Heldensage, ↱
daß sie nicht doch noch Helden nach sich zieht. ||

Erst neulich machte auf der Loreley ↱
hoch überm Rhein | ein Turner einen Handstand! ||
Von allen Dampfern tönte Angstgeschrei, ↱
als er kopfüber oben auf der Wand stand. ||

Er stand, als ob er auf dem Barren stünde.
Mit hohlem Kreuz. Und lustbetonten Zügen.
Man frage nicht: Was hatte er für Gründe?
Er war ein Held. Das dürfte wohl genügen.

Er stand, verkehrt, im Abendsonnenscheine.
Da trübte Wehmut seinen Turnerblick.
Er dachte an die Loreley von Heine.
Und stürzte ab. Und brach sich das Genick.

Er starb als Held. Man muß ihn nicht beweinen.
Sein Handstand war vom Schicksal überstrahlt.
Ein Augenblick mit zwei gehobnen Beinen
ist nicht zu teuer mit dem Tod bezahlt!

P.S. Eins wäre allerdings noch nachzutragen:
Der Turner hinterließ uns Frau und Kind.
Hinwiederum, man soll sie nicht beklagen.
Weil im Bezirk der Helden und der Sagen
die Überlebenden nicht wichtig sind.

Fehler finden und korrigieren

1 Lies dir diesen Text zuerst einmal durch, damit du weißt, worum es geht.

2 Lies jetzt den Text ein zweites Mal – mit deiner ganzen Aufmerksamkeit auf die Groß- und Kleinschreibung. Es befinden sich 12 Fehler darin. Dabei wurden Wörter kleingeschrieben, die nach einem Adjektiv **mit** einer Endung stehen – oder großgeschrieben, die nach einem Adjektiv **ohne** Endung stehen. Unterstreiche diese Fehlerwörter und korrigiere sie am Rand – zusammen mit den dazugehörigen Adjektiven.

Was macht uns glücklich?

Seit 2012 wird in jedem Jahr der „Weltglücksbericht“ vorgestellt. Darin wird erhoben, in welchen Ländern die glücklichsten Menschen der Welt leben.

Was aber macht Menschen glücklich? Wir würden wohl sofort einige handfeste Merkmale für glückliches leben nennen können wie die kleinen Alltagsfreuden, eine gute Gesundheit, ein großes vertrauen in unsere Regierung usw.

Das richtige messen, ob Menschen ein glückliches empfinden haben, geschieht mit bestimmten Kriterien wie Freiheit, Fürsorge, Großzügigkeit, Ehrlichkeit, Gesundheit, Einkommen und eine gute Regierung. Dabei kommt es auf individuelles wahrnehmen dieser Kriterien an. Die Befragten müssen also angemessen Beurteilen, ob sie sich wirklich frei fühlen, ob ihnen ein ausreichendes einkommen zur Verfügung steht, ob für ein gesundes leben gesorgt ist usw.

Die Menschen unserer Welt beantworten diese Frage auf sehr unterschiedliche weise. Dabei konnten seit Jahren die skandinavischen Länder gut abschneiden. Finnland konnte sich 2020 auf Rang 1 sicher Platzieren. Das erneute platzieren von Deutschland auf Rang 17 zeigt deutlich, dass die Deutschen viel weniger zufrieden sind als viele ihrer europäischen Nachbarn. Das ist zwar schlecht im europäischen Vergleich, aber angesichts der 156 befragten Länder doch ein noch zufriedenstellendes abschneiden.

glückliches Leben

3 Wenn du auf einer Skala von 1–10 eintragen solltest, wie glücklich du selbst bist, welche Zahl würdest du wählen? Kreuze an. Vergleicht eure Ergebnisse.

1	2	3	4	5	6	7	8	9	10

Die Großschreibung: Ergänzungsmethode

Flektiertes Adjektiv ergänzen

Ein Wort, vor dem ein **flektiertes** Adjektiv steht, wird **großgeschrieben**: *die glücklichen* ***Drei****, das spannende* ***Rennen****, helles* ***Grün****, großer* ***Stolz****, gutes* ***Deutsch****.*
Großschreibung: *Gutes* ***Essen*** *ist gesundes* ***Essen****.*
Kleinschreibung: *Gut essen, das heißt gesund essen.*

1 Schreibe in die Zeilen die Wörter hinein, die rechts am Rand stehen. Achte darauf, ob die Adjektive flektiert sind, also eine Endung haben, denn dann wird das folgende Wort großgeschrieben.

Das T-Shirt ist ______ ______. ***leuchtend GELB***

Das T-Shirt strahlt in ______ ______. ***leuchtendem GELB***

Der Bilderrahmen besteht aus einem ______ ______. ***schönen OVAL***

Der Bilderrahmen ist ______ ______. ***schön OVAL***

Das ist sein ______ ______. ***gutes RECHT***

Sie hat ______ ______. ***wirklich RECHT***

Sie sagte: „Ich bin ______ ______." ***total PLEITE***

Dieser Tag war eine ______ ______. ***totale PLEITE***

Die Umweltverschmutzung ist ein ______ ______. ***großes ÜBEL***

Ihr wurde von dem Essen ______ ______. ***richtig ÜBEL***

Ich gebe zu, dass ich ______ ______ daran war. ***wirklich SCHULD***

Ich habe ______ ______ auf mich geladen. ***große SCHULD***

2 Trage die Wörter vom Rand in die passenden Zeilen ein.

Ihre Schimpfwörter taten ihr ______. ***sehr ERNST***

Sie war traurig und von ______ erfüllt. ***sehr LEID***

Er hatte seine Aussage ______ gemeint. ***großem ERNST***

Er trug die Rede mit ______ vor. ***großem LEID***

Die Großschreibung: Signalwörter – „versteckte" Artikel

INFO

Signalwörter: „Versteckte" Artikel

Es gibt eine Reihe von **Signalwörtern**, die darauf hinweisen, dass das folgende Wort **großgeschrieben** wird.
In einigen Wörtern ist ein **Artikel** „versteckt" – und nach einem Artikel schreibt man groß:
***am** (an dem), **ans** (an das), **beim** (bei dem), **durchs** (durch das), **fürs** (für das), **im** (in dem), **vom** (von dem), **zum** (zu dem), **zur** (zu der) …*
***am** Leben, **ans** Gute, **beim** Schwimmen, **durchs** Tal, fürs Malen, **im** Folgenden, **vom** Wandern, **zum** Tanzen, **zur** Freude …*

1 In diesem Text sind viele Wörter in GROẞBUCHSTABEN geschrieben. **Zwölf** von ihnen werden **großgeschrieben** – die anderen klein.
Achte auf die Signalwörter, die vor den Wörtern stehen. An ihnen kannst du erkennen, ob die folgenden Wörter großgeschrieben werden.

Kraniche auf Rügen

Im Herbst kommen viele Menschen auf die Insel Rügen *a) zum BEOBACHTEN* ____________ der Zugvögel. Dann ist da ein großes Schauspiel *b) zu BEWUNDERN* ____________. In den Gewässern sind Tausende von Kranichen *c) beim RASTEN* ____________ *d) zu SEHEN* ____________. Sie *e) FRESSEN* ____________ sich hier die nötige Fettschicht an, um ihre Reise gestärkt fortsetzen *f) zu KÖNNEN* ____________. Die Kraniche lieben diese Gewässer, deren Schilfgürtel ihnen *g) beim AUSRUHEN* ____________ ausreichend Schutz gewähren. Die bis zu 1,20 Meter großen Vögel *h) SCHLAFEN* ____________ *i) im STEHEN* ____________. Die Rastplätze *j) LIEFERN* ____________ ihnen genug Nahrung *k) zum FRESSEN* ____________. Allerdings darf man sie *l) beim FRESSEN* ____________ nicht *m) STÖREN* ____________, weil sie sonst sofort *n) ans WEITERFLIEGEN* ____________ denken. Viele Kraniche sind heute allerdings nicht mehr *o) zum FORTSETZEN* ____________ ihres Fluges bereit. In milden Wintern *p) FINDEN* ____________ sie nämlich auch in unseren Breiten genug Nahrung *q) fürs ÜBERLEBEN* ____________. Ungeklärt ist, ob sie sich nur dann hier *r) WOHLFÜHLEN* ____________, wenn sie nicht *s) beim ÜBERWINTERN* ____________ gestört werden. Die Antwort darauf können wir allerdings erst *t) ERHALTEN* ____________, wenn wir ihr Verhalten in harten Wintern bei uns beobachtet haben. Dann erst wird man sehen, ob die *u) ans WEITERZIEHEN* ____________ gewöhnten Zugvögel tatsächlich dazu bereit sind, bei uns *v) zu BLEIBEN* ____________.

Die Großschreibung: Signalwörter – Mengenangaben

Signalwörter: Mengenangaben

INFO

Es gibt einige häufig gebrauchte **Signalwörter** (Mengenangaben), an denen man die **Großschreibung** des folgenden Wortes erkennen kann: ***alles, einiges, etwas, manches, nichts, viel, wenig.***

Nach diesen Wörtern stehen in der Regel **Adjektive**, die zu **Substantiven** geworden sind. Man erkennt das daran, dass sie eine **Endung** haben: ***wenig Schönes***.

Großschreibung: *Da gab es wenig* ***Sch****önes zu sehen.*

Kleinschreibung: *Das war wenig* ***sch****ön.*

1 Schreibe in die Zeilen immer eines der beiden Wörter in Klein- oder Großschreibung hinein. Achte dabei auf die Signalwörter – und vor allem darauf, ob die folgenden Adjektive eine Endung haben.

Ich wünsche dir alles ______________________. *GUT / GUTE*

Am Ende wurde es doch noch sehr ______________________. *GUT / GUTE*

Im Zoo sahen wir viel ______________________. *INTERESSANT / INTERESSANTES*

Es war sehr ______________________ dort. *INTERESSANT / INTERESSANTES*

Auf der Fahrt war manches ______________________. *AUFREGEND / AUFREGENDES*

Wir erlebten viel ______________________. *AUFREGEND / AUFREGENDES*

An der Ruine war viel ______________________ zu sehen. *ALT / ALTES*

Die Balken waren ziemlich ______________________. *ALT / ALTES*

Diesen Witz finde ich nicht ______________________. *KOMISCH / KOMISCHES*

Etwas ______________________ muss doch an jedem Witz sein. *KOMISCH / KOMISCHES*

Dieser Text bietet mir nichts ______________________. *NEU / NEUES*

Er ist wirklich nicht ______________________ für mich. *NEU / NEUES*

Der Krimi war nicht besonders ______________________. *SPANNEND / SPANNENDES*

Es war wenig ______________________ zu entdecken. *SPANNEND / SPANNENDES*

In den Ferien erlebte ich einiges ______________________. *SCHÖN / SCHÖNE*

Die Ferien waren diesmal wirklich sehr ______________________. *SCHÖN/ SCHÖNE*

Die Großschreibung: Wörter für Gefühle

INFO

Substantive für Gefühle

Wörter, die **Gefühle** ausdrücken, werden von vielen Menschen oft kleingeschrieben, da man sie für Adjektive oder Verben hält.
Manche stammen ja auch tatsächlich von Adjektiven oder Verben ab:
stolz → der Stolz, lieben → die Liebe, langweilig → die Langeweile …
Substantive für **Gefühle** werden **großgeschrieben**.

1 Bilde von den folgenden Wörtern Substantive und schreibe sie mit Artikel in die Zeilen.

langweilig: die Langeweile

eifersüchtig: ______ ______________________

übermütig: ______ ______________________

lustig: ______ ______________________

vergnüglich: ______ ______________________

furchtsam: ______ ______________________

ängstlich: ______ ______________________

zornig: ______ ______________________

ärgern: ______ ______________________

trauern: ______ ______________________

sich sorgen: ______ ______________________

wütend: ______ ______________________

müde: ______ ______________________

freuen: ______ ______________________

2 Schreibe die Wörter in Groß- oder Kleinschreibung in die Lücken.

Eifersucht

Sie ______ (**ÄRGERTE**) sich über sich selbst, dass sie so ______ (**EIFERSÜCHTIG**) war. Eigentlich hatte sie keinen Grund zu richtiger ______ (**EIFERSUCHT**), denn ihr Freund gab ihr die ganze ______ (**LIEBE**), die sie zu ihrem großen ______ (**GLÜCK**) brauchte. Doch als er mit seinen Freunden in die Ferien fuhr, war sie doch ______ (**MISSTRAUISCH**), dass er ihr ______ (**UNTREU**) werden könnte. Auch überkam sie schreckliche ______ (**SEHNSUCHT**), und sie hatte zu nichts mehr ______ (**LUST**) und an nichts mehr ______ (**SPAß**). Doch als er wieder zu Hause war, wurde ihr klar, dass ihr dummes ______ (**MISSTRAUEN**) unbegründet gewesen war.

Groß- und Kleinschreibung üben

1 Lies dir den Text erst einmal durch, damit du weißt, worum es geht.

Sprache verändert sich

Wörter, die heute beinahe in aller Munde sind, waren den ***MEISTEN*** ______________ vor hundert Jahren noch unbekannt. Und Wörter, die damals ***VIELE*** ______________ benutzten, sind heute verschwunden. Wie kommt es aber, dass ***SPRACHE*** ______________ sich überhaupt verändert?

Mit neuen ***ERFINDUNGEN*** ______________ entstehen neue Wörter wie z. B. ***„MAILEN“*** ______________. Wörter wie „Telegramm“ sind heute dagegen fast verloren gegangen, weil sie ***NIEMAND*** ______________ mehr verwendet.

Auch der ***EINFLUSS*** ______________ anderer Sprachen hat zugenommen.

Viele Wörter aus dem ***ENGLISCHEN*** ______________ haben in unsere Sprache ***EINGANG*** ______________ gefunden. Was „cool“ ist, wusste vor hundert Jahren ***NIEMAND*** ______________, und dass „knorke“ dasselbe bedeutet, wissen heutige ***SPRECHER*** ______________ meistens nicht mehr. Aber nicht nur Wörter sind der ***VERÄNDERUNG*** ______________ unterworfen, sondern auch die Grammatik der Sprache verändert sich. Galt es früher als korrekt zu sagen: „Haben Sie jemanden getroffen?“, so sagt man ***HEUTE*** ______________ eher: „Haben Sie jemand getroffen?“. Die Sprecher haben das ***BEDÜRFNIS*** ______________ zu ***VEREINFACHEN*** ______________. Und weil viele Veränderungen der Sprache vom ***MÜNDLICHEN*** ______________ ausgehen, wirken sie sich nach und nach auch auf die ***SCHRIFTLICHE*** ______________ Sprache aus. Solche Veränderungen werden bei ihrem ***ENTSTEHEN*** ______________ oftmals als Fehler angesehen. Doch eigentlich möchte niemand die Sprache verändern, sondern man benutzt sie nur anders – oft aus ***BEQUEMLICHKEIT*** ______________.

So können Fehler von heute vielleicht Regeln von ***MORGEN*** ______________ werden.

Dass das so ist, zeigen viele Veränderungen. Sagte man früher: „Der Hund boll“, so heißt es heute: „Der Hund bellte“. Und ***FRÜHER*** ______________ hat man die Kühe „gemolken“, während man heute schon vielfach sagt: „Ich habe die Kühe gemelkt“.

2 Schreibe die **hervorgehobenen** Wörter in Groß- oder Kleinschreibung in die Lücken. Manchmal musst du dich dabei im Wörterbuch vergewissern, wie ein Wort geschrieben wird.

Groß- und Kleinschreibung: Methoden anwenden

1 Schreibe die **hervorgehobenen** Wörter in Groß- oder Kleinschreibung auf die Zeilen. Achte dabei auf die **Signalwörter** und die **Adjektive** (**mit** oder **ohne** Endung).

Schlauer als der Computer

Ich kann eigentlich ganz gut ***SCHREIBEN*** ______________________.

Ich habe selten Probleme beim ***SCHREIBEN*** ______________________.

Ich kann auch gut ***RECHTSCHREIBEN*** ______________________.

Mir fällt richtiges ***RECHTSCHREIBEN*** ______________________ nicht schwer.

Wenn ich einmal nicht weiß, ob ich richtig ***SCHREIBE*** ______________________,

hilft mir oft der Computer beim ***SCHREIBEN*** ______________________.

Doch verlässliches ***RECHTSCHREIBEN*** ______________________ gelingt ihm nicht immer.

Er muss ständig ***KOMBINIEREN*** ______________________.

Doch beim ***KOMBINIEREN*** ______________________ passieren ihm eben auch Fehler.

Nur durch ständiges ***ÜBERPRÜFEN*** ______________________ kann man

das Computerprogramm gut ***KONTROLLIEREN*** ______________________.

So wird manches ***KLEINGESCHRIEBENE*** ______________________

vom Computerprogramm manchmal als etwas ***FALSCHES*** ______________________ markiert.

Da heißt es gut ***AUFPASSEN*** ______________________!

Nur wer aufmerksames ***KONTROLLIEREN*** ______________________ beherrscht,

ist im ***RECHTSCHREIBEN*** ______________________ schlauer als der Computer.

Ich merke, wenn mir der Computer etwas ***FEHLERHAFTES*** ______________________ anbietet.

So viele ***SCHLAUERE*** ______________________ als mich gibt es nicht!

Ich bin eben etwas ***BESONDERES*** ______________________.

Und ich bin echt ***STOLZ*** ______________________ darauf.

Fremdwörter richtig schreiben

1 Lies dir diesen Text erst einmal durch.

Mitspieler gesucht

Dies ist eine ~~*Iniziative*~~ / *Initiative* für das *Theaterprojekt / Theaterprojeckt* an unserer Schule. Wir suchen noch Sänger, Tänzer und Schauspieler für einen *musikalischen / musikahlischen* Krimi, den wir im Dezember auf die Bühne bringen wollen. In zwölf Proben soll das Stück *einstudiert / einstudirt* werden. Schülerinnen und Schüler, die *intressiert / interessiert* sind, sollten zwischen 12 und 16 Jahre alt sein. Die *Termine / Termiene* sind dienstags um 16 Uhr. Erwartet werden Teamgeist, *Kreatiwität / Kreativität* und regelmäßige Teilnahme. Zu ersten Vorbereitungen treffen wir uns am nächsten Dienstag um 16 Uhr in der *Caffeteria / Cafeteria* unserer Schule.

2 Markiere die richtig geschriebenen Fremdwörter und streiche die falsch geschriebenen Wörter durch.
- Schreibe die acht Fremdwörter richtig am Rand auf.
- Wenn du unsicher bist, schlage im Wörterbuch nach.

3 Überprüfe bei den *kursiv* gedruckten Wörtern im folgenden Text, ob sie richtig oder falsch geschrieben sind. Manche Wörter sind Fremdwörter, andere sind deutsche Wörter.
- Schreibe die falsch geschriebenen Wörter richtig am Rand auf.
- Im Zweifelsfall benutze ein Wörterbuch.

Gefühle

Simpathie ist eine *Emothion*, mit der wir Freude und *Leit* anderer Menschen mitfühlen. Wir finden andere Menschen *sympatisch*, wenn wir Zuneigung zu ihnen *emfinden* und wenn wir das Gefühl haben, *emozional* mit ihnen verwandt zu sein. Das Gegenteil davon ist *Antipathie*. Menschen, die wir nicht leiden können, sind uns *unsympathisch*.
Empathie ist die Fähigkeit, sich in andere *Persohnen* hineinzuversetzen, sie zu verstehen und *nachzuemfinden*, was sie bewegt. Man nennt dies auch „Einfühlungsvermögen". *Reakzionen* auf Menschen, mit denen wir *Empathie* empfinden, sind *Mitleit*, Trauer und Hilfsbereitschaft.

Häufige Fehlerwörter üben

1 Hier sind Wörter abgedruckt, die in der „Liste der häufigsten Rechtschreibfehler" stehen.
- Schreibe die Wörter zuerst so auf, wie du meinst, dass sie geschrieben werden.
- Schlage dann im Wörterbuch nach und korrigiere sie, wenn du sie falsch geschrieben hast.

Wörter mit s, ß oder ss

Das ist am be?ten ____________________.

ein bi?chen ____________________

Sie fa?t ihn an ____________________.

Er ha?t ihn ____________________.

I? nicht so ha?tig! ____________________!

Er lie? sie in Ruhe ____________________.

Das ist mei?tens so ____________________.

Sie rei?t mit dem Bus ____________________.

Er wei?t ihr den Weg ____________________.

rückwärt? gehen ____________________

Rei?verschlu? ____________________

Bi? heute Abend ____________________!

Du bi?t dran ____________________!

Er hat fa?t nichts ____________________.

Du ha?t Hunger ____________________.

Das ist intere?ant ____________________!

Er lie?t ein Buch ____________________.

Etwas pa?iert ____________________.

Er rei?t ein Blatt ab ____________________.

Er wei?t die Wand ____________________.

ein gro?er Spa? ____________________

Ma?entouri?mu? ____________________

Wörter mit t oder d

sich to?lachen ____________________

Er ist to?traurig ____________________.

en?lich ____________________

das Rückgra? ____________________

Das ist tö?lich ____________________!

eigen?lich ____________________

versehen?lich ____________________

en?setzlich ____________________

Wörter mit mehreren gleichen Konsonanten – oder mit nur einem Konsonanten?

a?ressiv ____________________

dile?antisch ____________________

die Fi?ness ____________________

vie?eicht ____________________

die Konku?enz ____________________

der Ko?entar ____________________

auf der Te?asse ____________________

eine A?rappe ____________________

die Para?ele ____________________

die Ga?erie ____________________

die Ka?osserie ____________________

ko?igieren ____________________

Das ist sku?il ____________________!

Sie ist to?erant ____________________.

Getrennt- und Zusammenschreibung: Betonung der Wörter

Die Betonung von Wörtern

Die Getrennt- und Zusammenschreibung von zwei Wörtern hat sehr viel damit zu tun, wie Wörter **betont** werden.
Ein Wort wird nämlich immer nur auf einer **einzigen Silbe betont**: *Aufsatz, Gedicht, Versammlung …*
So ist das auch bei **zusammengesetzten** Wörtern: *Klassenaufsatz, Witzgedicht, Füllfederhalter …*
Die **Betonung** auf einer **einzelnen Silbe** zeigt also in der Regel an, dass es sich um ein **einzelnes Wort** handelt.

Das ist auch bei Wörtern so, die aus mehreren Wörtern **zusammengewachsen** sind:
Wenn also die zwei Wörter ***dazu* + *gekommen*** zusammengewachsen sind, wird ein einzelnes Wort daraus, das nur auf **einer** Stelle betont und **zusammengeschrieben** wird: *In die Gruppe war noch ein anderes Mädchen* ***dazugekommen***.
Wird aber jedes der Wörter **einzeln** betont, so handelt es sich auch um **zwei** Wörter, die **getrennt** geschrieben werden:
Er war nicht ***dazu gekommen****, seinen Text zu lernen.*

1 Schreibe die Wörter getrennt oder zusammen auf die Zeilen.
Sprich sie dir aber zuerst deutlich vor!

a) Sie ist nicht auf der Straße, sondern auf dem Radfahrweg ____________________.
daneben / gefahren

b) Er hat eine schlechte Note geschrieben. Die Arbeit ist völlig ____________________.
daneben / gegangen

c) Seine Wunde ist ____________________, dass er nicht aufgepasst hat.
davon / gekommen

d) Er ist aber noch einmal mit einem blauen Auge ____________________.
davon / gekommen

e) Joe sagt nichts, Mary ____________________ ununterbrochen.
dagegen / spricht

f) Wenn nichts ____________________, dann gehen wir morgen auf große Fahrt.
dagegen /spricht

g) Sie ist noch nicht ____________________, ihre Hausaufgaben zu machen.
dazu / gekommen

h) Zu der letzten Niederlage ist auch noch der Abstieg aus der Liga ____________________.
dazu / gekommen

i) Sie wusste, dass viel Mut ____________________, den Sprung zu wagen.
dazu / gehörte

j) Sie wagte es aber, weil sie zur Truppe ____________________ wollte.
dazu / gehören

k) Und ____________________ auch, Mut zu beweisen!
dazu / gehört

Getrennt- und Zusammenschreibung: Wörter mit *-einander*

INFO

Wörter mit *-einander*

Zusammenschreibung: Man schreibt diese Wörter mit dem folgenden Verb zusammen, wenn nur das Wort *-einander* **betont** ist:
*auf**einander**legen, aus**einander**brechen, in**einander**fließen, über**einander**legen …*

Getrenntschreibung: Man schreibt diese Wörter und das folgende Verb getrennt, wenn **beide Wörter** oder nur das **Verb betont** ist:
***auf**einander **achten**, **gegen**einander **antreten**, **über**einander **herfallen** …*

1 Schreibe die Wörter getrennt oder zusammen auf die Zeilen. Sprich sie dir vor, damit du erkennst, wie sie betont werden.

a) Die Schülerinnen haben sich mit einem Problem ______.
auseinander /gesetzt

b) „Es ist doch logisch, dass die beiden Aussagen ______“, sagte die eine.
auseinander / hervorgehen

c) „Ja“, sagte die andere, „man kann die Sätze ______.“
aufeinander / beziehen

d) Das Kind hat die Bauklötze ordentlich ______.
aufeinander / gestapelt

e) Die beiden Autos sind ______.
aufeinander / geprallt

f) Sie haben sich ______.
ineinander / verkeilt

g) Die beiden Jungen haben ihre Beine gemütlich ______.
übereinander / geschlagen

h) Dann haben sie ______.
miteinander / geredet

i) Die Männer haben die Bretter zu einem Stapel ______.
übereinander / gelegt

j) Doch dann ist der Stapel plötzlich ______.
auseinander / gefallen

k) Die Radfahrer haben nicht gut ______.
aufeinander / geachtet

l) Deswegen sind sie ______.
ineinander / gefahren

m) Die beiden haben im Wettkampf gut ______.
zueinander / gehalten

n) Sie haben sich Tipps gegeben und ______.
miteinander / geredet

Getrennt- und Zusammenschreibung: Wörter mit *zusammen-*

INFO

Die Schreibung der Wörter mit *zusammen*

Das Wort *zusammen* geht viele **Verbindungen mit Verben** ein:
***zusammen**schreiben, **zusammen**halten, **zusammen**fahren …*
Wird das Wort *zusammen* **betont**, so schreibt man es mit dem Verb **zusammen**:
*Die beiden Wörter werden **zusammen**geschrieben.*
Selbst wenn noch ein zu eingeschoben ist, schreibt man die Wörter **zusammen**:
*Die Wörter sind dann **zusammen**zuschreiben.*

Werden aber **beide Wörter** oder nur das **Verb** betont, so schreibt man **getrennt**.
Das Wort *zusammen* bedeutet dann in der Regel so viel wie **gemeinsam**:
*Wir haben einen Text **zusammen** (gemeinsam) **geschrieben**.*
Wird hier das Wörtchen zu eingeschoben, so schreibt man alles **getrennt**:
*Wir haben uns entschlossen, den Text **zusammen** zu **schreiben**.*

1 Schreibe die Wörter getrennt oder zusammen in die Zeilen.
Achte dabei auf die Betonung.

a) Wir müssen das Geld in einer Sammlung ______________________.
zusammen / bekommen

b) Wir beide haben dieses Geschenk ______________________.
zusammen / bekommen

c) Wollen wir beide laufen oder mit dem Rad ______________________?
zusammen / fahren

d) Sie ist vor Schreck ______________________.
zusammen / gefahren

e) Wir müssen uns zur Beratung ______________________.
zusammen / setzen

f) Nach dem anstrengenden Lauf haben wir uns erst einmal alle ______________________.
zusammen / hingesetzt

g) Wir sollten uns bemühen, besser ______________________.
zusammen / zu / arbeiten

h) Nach dem Unterricht haben wir noch einiges ______________________.
zusammen / zu / arbeiten

i) Bei dem Feuerwerk ist eine große Menschenmenge ______________________.
zusammen /gelaufen

j) Die Geschwister sind beim Schülermarathon ______________________.
zusammen / gelaufen

k) Wir müssen noch unsere Sachen ______________________.
zusammen / einpacken

l) Ich muss noch meine Klamotten ______________________.
zusammen / packen

m) Wir müssen uns beeilen, unsere Klamotten ______________________.
zusammen / zu / packen

Getrennt- und Zusammenschreibung: Das Wort *zu*

INFO

Getrennt- und Zusammenschreibung mit dem Wörtchen *zu*

Das kleine Wörtchen ***zu*** hat verschiedene Aufgaben:

1. Man bildet mit ihm die **Grundform** (den Infinitiv):
   In diesem Fall wird **getrennt geschrieben**. Das **Verb** ist **betont**:
   Er ist nicht gut zu ***hören****.*
2. Man verwendet es als **Wortbaustein**, um Verben eine neue Bedeutung zu geben.
   In diesem Fall wird **zusammengeschrieben**. Das Wörtchen ***zu*** ist **betont**:
   Er kann nicht gut ***zu****hören.*
   Wenn ein **weiteres** *zu* hinzukommt, **schreibt** man alles **zusammen**:
   *Er ist nicht imstande, gut zu****zu****hören.*

1 Schreibe in die Zeilen die Wörter getrennt oder zusammen hinein. Achte auf die Betonung.

a) Wenn du frierst, musst du dich gut ____________________.
zu / decken

b) Vergiss bitte nicht, den Tisch ____________________.
zu / decken

c) Sie hat vergessen, die Tür ____________________.
zu / schließen

d) Sie hat vergessen, die Tür ____________________.
zu / zu / schließen

e) Würdest du bitte den Wasserhahn fester ____________________?
zu / drehen

f) Versuch doch mal, ihn so fest wie möglich ____________________!
zu / zu / drehen

g) Es ist nötig, den Wasserhahn dabei ganz fest ____________________!
zu / drehen

h) Von der Explosion im Nachbarort war bei uns wirklich nichts ____________________.
zu / hören

i) Arne gab sich im Unterricht die größte Mühe, gut ____________________.
zu / zu / hören

j) Bei der Arbeit im Praktikum musste Laura gut ____________________.
zu / packen

k) Die Polizei bekam den Taschendieb nicht ____________________.
zu / packen

l) Die Streithähne sollten sich einigen, wieder aufeinander ____________________.
zu / zu / gehen

m) „Das kann doch nicht mit rechten Dingen ____________________!", sagte er.
zu / gehen

Methode: Korrekturlesen

INFO

Korrekturlesen

Einen Text durchzulesen und dabei ausschließlich auf die Rechtschreibfehler zu achten, ist eine **Methode**, die in folgenden Schritten verläuft:

1. Den Text **rasch durchlesen**, damit man weiß, worum es geht.
2. Sich den Text **langsam vorlesen** und dabei Wort für Wort auf die Rechtschreibung achten.
3. Die gefundenen oder vermuteten Fehler **unterstreichen**.
4. Im Zweifelsfall im Wörterbuch **nachschlagen**.
5. Die Fehlerwörter am Rand **richtig aufschreiben**.

1 Korrigiere die Fehler im folgenden Text. Halte dich dabei an die Hinweise im Infokasten. In diesem Text sind **acht** kleingeschriebene Wörter und **ein** großgeschriebenes Wort falsch.

Fehler in der Groß- und Kleinschreibung korrigieren

Ich habe in der Zeitung gelesen, dass viele Jugendliche nicht mehr wissen, was langeweile ist. Stundenlanges herumsitzen und Nichtstun ist den Meisten fremd geworden. An so etwas erinnern sich nur noch die über 30-Jährigen. Vielen jüngeren ist das unbekannt. Wenn nichts los ist, vertreiben sie sich die Zeit beim spielen auf ihrem Handy. So richtet man seine ganze aufmerksamkeit nach außen, statt nach innen. Handys machen zwar nicht dumm, aber sie regen unseren appetit auf endlose unterhaltung an. Die Folge ist, dass unsere Auszeiten für eigenes nachdenken schwinden.

2 Korrigiere die Fehler im folgenden Text. Halte dich dabei an die Hinweise im Infokasten. In diesem Text müssen an **sechs** Stellen Wörter zusammen- und an **zwei** Stellen getrennt geschrieben werden.

Fehler in der Getrennt- und Zusammenschreibung korrigieren

Selbst kleinere Kinder scheuen sich nicht zuzugeben, dass ein Handy bei allem, was sie tun, immer dazu gehört. So verhindert das Handy den Geisteszustand, einmal wirklich nichts zutun, und die Fähigkeit mit einander zu reden oder zu Gesprächen zusammen zu kommen.

Wenn ich da so an mich selber denke, wird mir klar, dass ich garnicht mehr darauf achte, was so alles in meinem Gehirn herum geistert. Gut, ich verblöde nicht gleich, wenn ich auf dem Handy herum spiele, aber dass die besten Einfälle dann kommen, wenn ich mein Handy mal beiseite lege, gibt mir doch zu denken.

Nebensätze mit der Konjunktion *dass*

INFO

Die Konjunktion *dass*

Die Konjunktion *dass* leitet einen **Nebensatz** ein, der sich in der Regel auf ein **Verb** im **Hauptsatz** bezieht:
Sie ***dachte***, ← *dass sie ihm helfen muss.*
Sehr häufig sind es **Verben des Sagens, Denkens und Fühlens**, nach denen Nebensätze mit *dass* stehen:
Sie ***sagte, dachte, meinte, fühlte,*** ← *dass sie ihm helfen muss.*

Auch wenn diese Verben in der Form von **Substantiven** auftreten, steht ein Nebensatz mit *dass*:
Sie hatte den ***Gedanken****, die* ***Meinung****, das* ***Gefühl****,* ← *dass sie ihm helfen muss.*

Wörter des Sagens, Denkens, und Fühlens sind:
denken *(den* ***Gedanken*** *haben),* ***finden****, sich* ***freuen*** *(die* ***Freude*** *haben),* ***fühlen*** *(das* ***Gefühl*** *haben),*
glauben *(den* ***Glauben*** *haben),* ***hoffen*** *(die* ***Hoffnung*** *haben),* ***meinen*** *(der* ***Meinung*** *sein),* ***sagen****,* ***wissen*** *…*

1 Forme die Sätze unter den Zeilen in *dass*-Sätze um und schreibe sie auf.

Er sagte zu ihr, ______________________________.
er braucht ihre Hilfe

Sie teilte ihm mit, ______________________________.
sie wird ihm helfen

Er freute sich darüber, ______________________________.
sie war dazu bereit

Und er bedankte sich danach dafür, ______________________________.
sie hatte ihm geholfen.

2 Bilde aus den Sätzen unter den Zeilen Hauptsätze. Füge dann die Konjunktion *dass* ein.

______________________________, __________ sie ihm helfen konnte.
Es ihr Freude machte

______________________________, __________ er ihr Freund werden könnte.
Sie die Hoffnung hatte

______________________________, __________ er eine andere Freundin hatte.
Aber sie schon wusste

3 Bilde aus den Sätzen unter den Zeilen Nebensätze mit *dass*.
Schreibe in die zweite Zeile dieselben Sätze so hinein, dass der *dass*-Satz am Anfang steht.

Erst später wurde ihnen klar, ______________________________.
aus Hilfsbereitschaft wurde Freundschaft.

______________________________.

Sie fanden gut, ______________________________.
sie blieben für immer zusammen.

______________________________.

Nebensätze mit *dass* oder *das*?

Die Konjunktion *dass* – und das Relativpronomen *das*

Zwei Nebensätze können sich völlig gleich anhören – und doch können sie sich schriftlich voneinander unterscheiden: *…, <u>dass</u> / <u>das</u> ich nicht singen kann.*

Nebensätze mit *dass* beziehen sich stets auf **Verben** (oder **nominalisierte Verben**) im **Hauptsatz**:
Keiner soll je ***erfahren****, ← <u>dass</u> ich nicht singen kann.*
Keiner soll je die ***Erfahrung*** *machen, ← <u>dass</u> ich nicht singen kann.*

Relativsätze mit *das* beziehen sich stets auf **Substantive im Neutrum** im **Hauptsatz**:
Das ist ein ***Lied****, ← <u>das</u> ich nicht singen kann.*

1 Jeweils zwei Nebensätze in der rechten Spalte hören sich völlig gleich an. Und doch wird jeweils ein Nebensatz mit *dass* und der andere mit *das* geschrieben. Setze die Wörter richtig ein. Beachte dabei die Aussagen im Infokasten.

Das war wieder einmal ein Spiel, ______________ die Mannschaft am Ende aufgab.

Dieses Spiel war so anstrengend, ______________ die Mannschaft am Ende aufgab.

Die Mutter ärgerte sich darüber, ______________ Paula verschlafen hatte.

Und dabei war das doch ein wichtiges Ereignis, ______________ Paula verschlafen hatte.

Es war ihr Lieblingskissen, ______________ Emma sich aufs Bett legte.

Emma war so müde, ______________ sie sich aufs Bett legte.

Der Trainer bestimmte, ______________ Max noch eine Zeit lang durchhalten musste.

Das ist ein hartes Training, ______________ Max noch eine Zeit lang durchhalten muss.

Die Zuschauer bejubelten das Spiel, ______________ ihr Team gewonnen hatte.

Und die Spieler freuten sich auch, ______________ ihr Team gewonnen hatte.

Mara fand das Kleid sehr schön, ______________ ihre Freundin angezogen hatte.

Mara fand echt gut, ______________ ihre Freundin ein schönes Kleid angezogen hatte.

2 Das Rechtschreibprogramm auf dem Computer ist manchmal eine Hilfe bei der Entscheidung für *dass* oder *das* – aber manchmal auch nicht. Man muss also schlauer sein als der Computer. In den folgenden Sätzen hat der Computer keinen Fehler markiert. Ist es darum richtig? Schreibe *dass* oder *das* richtig in die Lücken.

Ein Bewerbungsgespräch ist so wichtig, <u>das</u> ______________ man nicht unvorbereitet hineingehen sollte.

Im Vordergrund von Einstellungstests steht das Wissen, <u>dass</u> ______________ man erworben hat.

Kommasetzung: Aufzählungen

INFO

Das Komma bei Aufzählungen, Entgegensetzungen und Begründungen

1 In einem Satz können Wörter aufgezählt werden. Dabei steht vor **und** oder **oder** **kein Komma**:
*Der Himmel war grau, trübe, regnerisch **und** verhangen.*

2 In einem Satz können Wortgruppen aufgezählt werden. Dabei steht vor **und** oder **oder** **kein Komma**:
*Es tröpfelte etwas **oder** regnete sogar, war windig, ziemlich kalt **und** ging unter die Haut.*

3 In einem Gesamtsatz können mehrere Einzelsätze aufgezählt werden. Dabei **kann** vor **und** oder **oder** **ein Komma stehen**:
*Der Wind kam von Norden, die Wolken flogen, der Regen peitschte (,) **und** alles wurde nass.*

4 Bei **Entgegensetzungen** mit **aber** muss ein **Komma** stehen:
*Das Wetter war wirklich schrecklich, **aber** wir ließen uns nicht abschrecken.*

5 Bei **Begründungen** mit **denn** muss ebenfalls ein **Komma** stehen:
*Wir zogen unsere Regenjacken an, **denn** wir wollten ja nicht nass werden.*

1 Setze die Kommas ein. Beachte dabei die Hinweise im Infokasten.
Achtung: In einem Satz kommt kein Komma vor!

Pilze suchen

_2_ Wir gingen auf der Straße dann über einen Feldweg danach durch Wiesen und dann in den Wald.

_5_ Jeder von uns hatte einen Korb dabei denn wir wollten Pilze suchen.

___ Im frühen Herbst bei feuchtem Wetter und bei etwas Wärme wachsen sie nämlich am besten.

___ Mein Freund war ein Kenner Liebhaber Fachmann und Feinschmecker von Pilzen.

___ Erst fanden wir keine Pilze dann nur giftige aber endlich auch ein paar kleinere Exemplare.

___ Dann führte uns mein Freund in einen Fichtenwald ins Unterholz und ins Gebüsch.

___ Wir mussten krabbeln kriechen schlängeln krauchen.

___ Und da fanden wir Birkenpilze Perlpilze Steinpilze und Reizker.

___ Wir haben auch Täublinge Knollenblätterpilze Kremplinge und mehr in die Körbe getan.

___ Doch mein Freund hat die ungenießbaren die wertlosen und sogar giftigen Pilze ausgelesen.

___ Die einen von uns hatten wenig im Korb die anderen hatten viel gefunden aber manche hatten wirklich fast nur ungenießbares Zeug gesammelt.

___ Mein Pilzfreund hatte natürlich die meisten guten essbaren schmackhaften Pilze im Korb.

___ Er gab den weniger erfolgreichen Sammlern von seinen eigenen Pilzen einige ab.

___ So gingen wir letzten Endes zwar nicht alle erfolgreich aber zumindest zufrieden wieder nach Hause.

2 Schreibe am Rand auf, nach welchen Regeln hier die Kommas gesetzt werden.
Achtung: Bei manchen Sätzen musst du zwei Regeln angeben! Bei einem Satz passt keine Regel!

Kommasetzung: Hauptsatz, Nebensatz

1 Die meisten Kommafehler kommen dort vor, wo der Hauptsatz vom Nebensatz abgegrenzt werden muss. Denn da gibt es zwei Probleme:
1. Viele können einen Hauptsatz nicht von einem Nebensatz unterscheiden.
2. Und sie wissen dann auch nicht, bis an welche Stelle ein Nebensatz reicht.
Lies dir den Infokasten aufmerksam durch.

INFO

Das Komma zwischen Hauptsatz und Nebensatz

Die wichtigsten **Kennzeichen** für **Nebensätze** sind **Konjunktionen** und **Relativpronomen**.
Konjunktionen: ***als, bevor, da, dass, nachdem, obwohl, sodass, während, weil, wenn …***
Relativpronomen: ***der, die, das, was, welcher, welche, welches.***
Mit solchen Konjunktionen und Relativpronomen werden Nebensätze eingeleitet.

Das wichtigste **Kennzeichen** für einen Satz ist das **Verb**.
Es steht in einem **Hauptsatz** an **zweiter** Stelle: *Er **geht** gern zum Schwimmen,*
Es steht in einem **Nebensatz** an **letzter** Stelle: *…, **weil** er das Wasser **liebt**.*

Wenn nun eine **Konjunktion** oder ein **Relativpronomen** mitten in einem Satz auftaucht, dann weiß man: **Vor** ihr steht ein **Komma**: *Er **geht** gern zum Schwimmen, **weil** er das Wasser **liebt**.*

Wenn der **Nebensatz am Anfang** steht, grenzt man ihn durch ein Komma genau an der **Schnittstelle** ab, wo die beiden **Verben** von Nebensatz und Hauptsatz **„aneinanderstoßen"**:
*Weil er das Wasser **liebt** , **geht** er gern zum Schwimmen.*
|→ ←|

2 Lies dir jeden Satz genau durch.
- Markiere das Verb in jedem Haupt- und Nebensatz.
- Unterstreiche die Konjunktion oder das Relativpronomen.
- Setze dann die Kommas ein.

Am Morgen vor der Schule

Wenn der Wecker klingelt , stehe ich auf.
Nachdem ich mich gewaschen habe gehe ich in die Küche.
Manchmal habe ich das Glück dass meine Mutter mit mir frühstückt.
Wenn sie aber schon zur Arbeit ist muss ich es mir allein machen.
Dann packe ich alles ein was ich für die Schule brauche.
Weil die Bushaltestelle ziemlich weit entfernt ist fahre ich meistens mit dem Rad.
Wenn ich aus dem Haus bin schwinge ich mich auf mein Bike.
Ich mag das Radfahren eigentlich gern weil ich dabei die frische Luft genieße.
Doch manchmal hasse ich es auch wenn es regnet.
Als ich einmal eine Panne hatte ging ich fast den ganzen Weg zu Fuß.
Dass ich dabei die erste Stunde verpasste machte mir nicht viel aus.
Am liebsten lasse ich mich natürlich mit dem Auto zur Schule fahren wenn meine Mutter das schafft.
Obwohl das am bequemsten ist gerät man dabei aber oft in einen Stau.
Und dann verpasst man etwas Wichtiges das man später nachholen muss.
Es ist schon besser wenn man frühzeitig von zu Hause loskommt.

Kommasetzung: Satzgefüge

INFO

Nachgestellter, vorausgestellter, eingeschobener Nebensatz

Die Kombination von Hauptsätzen und Nebensätzen nennt man **Satzgefüge**.
Satzgefüge können unterschiedlich aufgebaut sein. Der **Nebensatz** kann dem Hauptsatz **nachgestellt, vorausgestellt** oder zwischen Hauptsatzanfang und Hauptsatzende **eingeschoben** sein:

a) Nachgestellter Nebensatz:

Hauptsatz		**Nebensatz**
*Sie **kam** nicht zum Training*	,	***weil** sie gestern krank **war**.*

b) Vorausgestellter Nebensatz:

Nebensatz		**Hauptsatz**
Weil** sie gestern krank **war	,	***kam** sie nicht zum Training.*

c) Eingeschobener Nebensatz:

Hauptsatzanfang		**Nebensatz**		**Hauptsatzende**
*Sie **kam***	,	***weil** sie gestern krank **war***	,	*nicht zum Training.*

1 Markiere die Verben in den Haupt-und Nebensätzen.
- Unterstreiche die Konjunktionen und Relativpronomen.
- Schreibe die Muster der Satzgefüge a), b) oder c) vor die Sätze.
- Setze dann die Kommas ein.

___ Als er um die Ecke kam sah Emil den Bus gerade abfahren.

___ Seine Freunde die hinten im Bus saßen winkten ihm spöttisch zu.

___ Emil war noch ganz außer Puste weil er so schnell gerannt war.

___ Er wusste dass er nun wieder nach Hause gehen musste.

___ Dort wollte er sein Fahrrad holen das im Keller stand.

___ Als er sich draufsetzte bemerkte er den Platten.

___ So musste ihn seine Mutter die noch beim Frühstück saß zur Schule fahren.

2 Bilde drei Satzgefüge nach den angegebenen Mustern. Vergiss die Kommas nicht!

Muster a): mit ***weil:*** ***Sie schimpfte mit ihm – er war so spät aufgestanden.***

____

Muster b): mit ***obwohl***: ***Sie hatte ja recht – er wollte ihr widersprechen.***

____

Muster c): mit ***als***: ***Doch dann – er gab es zu – war sie ihm nicht mehr böse.***

____

Kommasetzung: Infinitivgruppen

INFO

Das Komma bei Infinitivgruppen

Infinitivgruppen mit ***zu*** werden grundsätzlich mit **Kommas** abgegrenzt.

1 **Einfache** Infinitivgruppen:
*Sie nahm sich vor, ihm **zu** helfen. Ihm **zu** helfen, nahm sie sich vor.*

2 **Eingeleitete** Infinitivgruppen:
*Sie kam, **um** zu helfen. Sie ging weg, **ohne/anstatt** zu helfen. Sie tat alles, **außer** zu helfen.*

3 Von einem **Substantiv abhängige** Infinitivgruppen:
*Er gab ihr den **Rat**, → zu helfen. Zu helfen, machte ihr ← **Freude**.*

4 Von einem **hinweisenden Wort abhängige** Infinitivgruppen:
*Es kam ihr **darauf** an →, zu helfen. Ihm zu helfen, ← **das** tat sie gern.*

5 Infinitive, die von ***brauchen*** und ***scheinen*** abhängen, werden **nicht** durch Komma abgetrennt:
*Sie **braucht** ihm nicht zu helfen. Er **scheint** sich allein zu helfen.*

1 Markiere zuerst in jedem Satz die Infinitivgruppe. Manchmal steht sie vorn im Satz, manchmal steht sie hinten.
Einmal ist sie in den Satz eingeschoben, dann wird sie durch **zwei** Kommas abgegrenzt.

Schwimmen

3 Es macht mir immer wieder Spaß , zu schwimmen.

4 Es kommt mir darauf an , jeden Sonntagmorgen zum Schwimmen zu gehen.

___ Das Wasser schien mir erst etwas kalt zu sein.

___ Dann aber hatte ich doch den Mut ins kalte Wasser zu springen.

___ Um der Kälte zu trotzen schwamm ich mit voller Kraft.

___ Doch ohne meine zehn Bahnen zu schwimmen kam ich bald wieder raus.

___ Es ist halt doch noch etwas zu kühl um Spaß am Schwimmen zu haben.

___ Anstatt zu frieren legte ich mich erst einmal in die warme Sonne.

___ Nach einer Stunde war es dann warm genug um wieder ins Wasser zu gehen.

___ Es gibt doch nichts Schöneres als mit einem Kopfsprung zu beginnen!

___ Und dann schwamm ich ohne zu unterbrechen meine zehn Bahnen.

___ Ich brauchte dabei nicht einmal meine Kräfte zu schonen.

___ Manchmal schwamm ich ohne aufzutauchen eine halbe Bahn unter Wasser.

___ Es kam mir ja auch darauf an für den nächsten Wettkampf fit zu sein.

___ Ich hatte mir nämlich fest vorgenommen auf jeden Fall zu gewinnen.

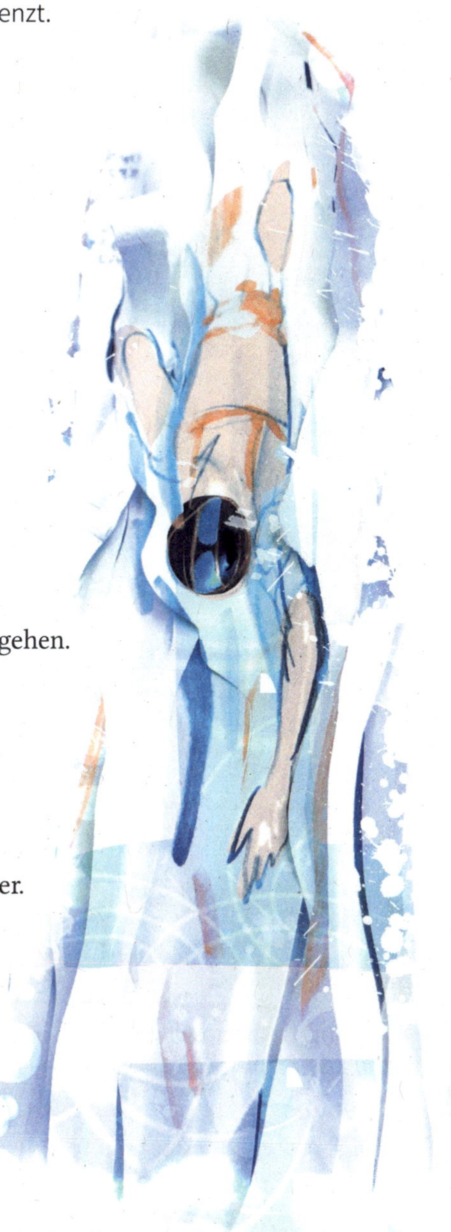

2 Entscheide dann mithilfe des Infokastens, welche Regel angewandt wird.
- Unterstreiche das entscheidende Wort.
- Setze dann das **Komma** ein.

Die Kommas in einen Text einsetzen

1 Suche dir einen der drei Texte aus und lies ihn dir durch.
- Markiere dann die **Konjunktionen**, **Relativpronomen** und **Infinitivgruppen** mit ***zu*** in den letzten Sätzen des Textes.
- Setze zum Schluss die Kommas in den Text ein.

A Hier fehlen 11 Kommas:

Auf der Klassenfahrt an die Nordsee machten wir bei schönem Wetter eine Wanderung die uns am Strand entlangführte. Wir wateten im flachen Wasser auf eine kleine Sandinsel hinaus die sich ungefähr 50 Meter entfernt aus dem Meer erhob. Um die Sandbank zu erreichen brauchten wir nur zehn Minuten. Als wir drüben angekommen waren machten wir eine Pause in der wir uns zehn Minuten in die Sonne legten. Wir vergaßen dabei die Vorsicht auf die herannahende Flut zu achten. Nachdem wir die Sandbank wieder verlassen hatten fiel uns anfangs nur auf dass der Priel etwas tiefer geworden war. Wir mussten die Hosen hochkrempeln. Doch dann stieg die Flut höher und höher sodass uns das Wasser bis an die Brust reichte. Wir mussten darauf achten von der Strömung nicht weggerissen zu werden. Zum Glück erreichten wir das Ufer doch noch bevor wir abgetrieben wurden.

B Hier fehlen 17 Kommas:

Auf der Klassenfahrt die wir an die Nordsee machten haben wir bei schönem Wetter eine Wanderung gemacht die uns am Strand entlangführte. Wir wateten da das Wasser noch flach war auf eine kleine Sandinsel hinaus die sich ungefähr 50 Meter entfernt aus dem Meer erhob. Um die Sandbank zu erreichen brauchten wir nur zehn Minuten. Als wir drüben angekommen waren machten wir eine Pause in der wir uns zehn Minuten in die Sonne legten. Wir vergaßen dabei aber die Vorsicht auf die herannahende Flut zu achten. Nachdem wir die Sandbank wieder verlassen hatten fiel uns anfangs nur auf dass wir da der Priel etwas tiefer geworden war die Hosen hochkrempeln mussten. Doch dann stieg die Flut höher und höher sodass uns das Wasser bis an die Brust reichte. Wir mussten darauf achten von der Strömung nicht weggerissen zu werden. Zum Glück erreichten wir das Ufer doch noch bevor wir abgetrieben wurden.

C Hier fehlen 23 Kommas:

Auf der Klassenfahrt die wir an die Nordsee machten haben wir weil so schönes Wetter war eine Wanderung gemacht die uns am Strand entlangführte. Wir wateten da das Wasser noch flach war auf eine kleine Sandinsel hinaus die sich ungefähr 50 Meter entfernt aus dem Meer erhob. Um die Sandbank zu erreichen brauchten wir nur zehn Minuten. Als wir drüben angekommen waren machten wir eine Pause in der wir uns zehn Minuten in die Sonne legten wo wir uns ausruhten. Wir vergaßen dabei aber auf die Flut zu achten die immer höher stieg. Nachdem wir die Sandbank wieder verlassen hatten fiel uns anfangs nur auf dass wir da der Priel etwas tiefer geworden war die Hosen hochkrempeln mussten. Doch dann wurden die Priele immer tiefer und tiefer sodass uns das Wasser bis an die Brust reichte. Wir mussten darauf achten von der Strömung nicht weggerissen zu werden. Es war unser Glück dass wir das Ufer bevor wir abgetrieben wurden doch noch erreichten.

Die Zeichen der wörtlichen Rede

INFO

Zeichen der wörtlichen Rede

Eine wörtliche Rede besteht aus **Begleitsatz** und **Redesatz**.
Der **Begleitsatz** sagt, **wer** spricht. Der **Redesatz** sagt, **was** gesprochen wird.
Der **Redesatz** steht in **Anführungszeichen**: ***„Fährst du heute mit dem Rad zur Schule?“***

Der **Begleitsatz** kann an **drei** Stellen vorkommen:

Vorausgestellter Begleitsatz: *Sie fragte mich:* ***„Fährst du heute mit dem Rad zur Schule?“***
Ich antwortete: ***„Ja, das mache ich.“***

Nachgestellter Begleitsatz: ***„Fährst du heute mit dem Rad zur Schule?“****, fragte sie mich.*
„Ja, das mache ich“*, antwortete ich.*

Eingeschobener Begleitsatz: ***„Fährst du heute“****, fragte sie mich,* ***„mit dem Rad zur Schule?“***
„Ja“*, antwortete ich,* ***„das mache ich.“***

1 Füge in die Sätze alle fehlenden Zeichen der wörtlichen Rede ein.
Orientiere dich dabei an den Hinweisen im Infokasten.

Kommunikation

Dana sagt zu Paul auf dem Schulhof: Kannst du mir mal dein Handy leihen?
Hä , sagt Paul , was ist los?
Kann ich mal dein Handy haben , fragt Dana.
Paul schüttelt den Kopf und sagt: Ich verstehe dich nicht.
Kein Wunder , sagt Dana , wenn du die Kopfhörer aufhast!
Kopfhörer ruft Paul ich verstehe immer nur Kopfhörer
Nimm sie doch endlich ab schreit Dana dann verstehst du mich auch
Paul nimmt die Kopfhörer ab und fragt Was ist jetzt
Dana sagt Du bist doch völlig kommunikationsunfähig mit den Kopfhörern auf den Ohren
Jetzt kannst du ja kommunizieren sagt Paul Was willst du
Ich würde mir gern mal dein Handy ausleihen sagt Dana
Und wozu fragt Paul
Dana sagt Ich will mal hören, was du grad hörst

2 In den beiden letzten Sätzen müssen zwei Zeichen an anderer Stelle stehen – und zwei Zeichen sind vergessen worden.
Schreibe die Sätze richtig auf.

Paul gibt Dana das Handy. Die setzt sich die Kopfhörer auf.
„Und“, fragt Paul, gefällt dir die Musik“?

„Ich kann dich leider nicht verstehen“ schreit Dana!

Wortarten

INFO

Die Wortarten

Die Wörter unserer Sprache lassen sich in acht Wortarten einteilen:

1 Verben:
- **1a** Vollverben: *klettern, sitzen, lesen, schlafen, gehen …*
- **1b** Hilfsverben: *sein, haben, werden*
- **1c** Modalverben: *wollen, können, mögen, sollen, müssen, dürfen.*

2 Substantive: Lebewesen: *Frau, Katze …*; **Dinge:** *Gabel, Haus …* ; **Gefühle:** *Glück, Wut …*

3 Artikel:
- **3a** bestimmte: *der, die, das*
- **3b** unbestimmte: *ein, eine, einer*

4 Pronomen: *ich, wir, sie, mein, unser, dieses, wer, sich …*

5 Adjektive: *weich, viel, täglich …*

6 Adverbien: Ort: *hier, dort …*; **Zeit:** *oft, jetzt…*; **Art und Weise:** *gern …*; **Grund:** *trotzdem …*

7 Konjunktionen:
- **7a** nebenordnend: *und, oder …*
- **7b** unterordnend: *als, dass, obwohl, weil, wenn …*

8 Präpositionen: *aus (dem), wegen (des), ohne (den), in (den, dem), auf (den, dem) …*

1 Bilde vier Sätze mit folgenden Wortarten. Alle Wörter, die du dafür gebrauchst, kommen im Infokasten vor.

Pronomen, Verb: ______________________________.

Pronomen, Verb, Adverb: ______________________________.

Pronomen, Hilfsverb, Adverb, Substantiv: ______________________________.

Artikel, Substantiv, Verb, Adverb, Adjektiv: ______________________________.

Pronomen, Verb, Adjektiv, Präposition, Artikel, Substantiv, Präposition, Artikel, Substantiv:

______________________________.

2 Im folgenden Satz kommt jede Wortart einmal vor – manche zweimal.
Schreibe die Ziffern für die Wortarten aus dem Infokasten hinter die Wörter.

Die _3a_ Katze ____ klettert ____ auf ____ den ____ Baum ____, und ____ dort ____ sitzt ____ sie ____ jetzt ____.

3 Ordne die folgenden Wörter den acht Wortarten zu.
Hier musst du gut überlegen, denn die Wörter stehen nicht im Infokasten!

hart: ______________	immer: ______________
du: ______________	sodass: ______________
Heimweh: ______________	läuft: ______________
durch: ______________	eine: ______________

Verben und Substantive in Texten

Verbalstil – Nominalstil

Texte, die von **Verben** bestimmt sind und in denen viele **Nebensätze** vorkommen, stehen im **Verbalstil**.
In solchen Texten kommen deswegen auch viele Konjunktionen und Relativpronomen vor:
*Wie die Geschichte **ausging**, **können** wir nicht **sagen**.*
(1 Substantiv, 3 Verben, 1 Konjunktion)

Texte, die von **Substantiven** bestimmt sind und in denen viele **Attribute** vorkommen, stehen im **Nominalstil**.
In solchen Texten kommen auch viele Präpositionen vor:
*Über den **Ausgang** der **Geschichte** haben wir keine **Kenntnis**.*
(3 Substantive, 1 Verb, 1 Präposition)

1 Lies dir die beiden Texte durch. Zu welchen Texten gehören welche Beispielsätze im Infokasten? Zähle die Substantive, Verben und Hilfsverben und schreibe die Anzahl unter die Texte.

Verlust des Personalausweises

Ein sich in den Ferien im Ausland befindlicher Jugendlicher wurde das Opfer eines Raubes. Dabei geriet er auch in den Verlust seines im Rucksack befindlichen Personalausweises. Nach einem Anruf zu Hause erhielt er von seiner Mutter die Zusendung seines Reisepasses. Das Ergebnis nach dem Eintreffen des Passes auf dem Postamt in der Nähe des Ferienortes war folgende nicht weniger komplizierte Situation: Beim Abholen des Briefes erhielt er vom Schalterbeamten den Hinweis, dass die Gewährung des Erhalts eines Briefes nur nach Vorlage eines Ausweises möglich sei.

Stil: ________________________________

Anzahl der Substantive: ________ Anzahl der Verben: ________

Personalausweis verloren

Ein Jugendlicher, der sich in den Ferien im Ausland befand, wurde beraubt. Dabei ging auch sein Personalausweis, der sich in seinem Rucksack befand, verloren. Nachdem er zu Hause angerufen hatte, sandte ihm seine Mutter den Reisepass zu. Als der Pass auf dem Postamt, das nahe dem Ferienort lag, eintraf, ergab sich folgende Situation, die nicht weniger kompliziert war: Als er den Brief abholen wollte, wurde er von dem Schalterbeamten darauf hingewiesen, dass es nur dann möglich sei, einen Brief zu erhalten, wenn er etwas vorlegen könne, womit er sich ausweisen kann.

Stil: ________________________________

Anzahl der Substantive: ________ Anzahl der Verben: ________

2 Lies dir den folgenden Unfallbericht aus einer Zeitung mit den rot gedruckten Zeilen erst einmal durch.

Drei Verletzte bei einem Unfall

Am Freitag wurde in der Bergstraße ein jugendlicher Radfahrer durch

_______________ schwer verletzt.
einen Schäferhund, der über die Straße lief,

_______________ hatte seine Besitzerin in eine Gaststätte begleitet.
Das Tier, das angeleint war,

Die Frau hatte _______________ die Leine um das Bein ihres Stuhles gebunden.
, während sie aß,

Als der Hund durch _______________
die Tür, die offenstand,

eine _______________ sah, riss er sich los.
Katze, die draußen umherstreunte,

Dabei wurde er von _______________ angefahren.
einem Radfahrer, der vorbeifuhr,

____
Der Jugendliche, der vom Rad stürzte,

zog sich _______________ zu.
Verletzungen, die erheblich waren,

Er musste in _______________ gebracht werden.
ein Krankenhaus, das in der Nähe gelegen war,

_______________ wurde in die Tierklinik gebracht.
Der Hund, der ebenfalls leicht verletzt wurde,

Die Besitzerin des Hundes verletzte sich _______________ ebenfalls
, als sie vom Stuhl stürzte,

und musste durch _______________ versorgt werden.
den Unfallnotdienst, der herbeigerufen wurde,

So hatte also _______________ drei Verletzte zur Folge,
ein Ereignis, das selten vorkommt,

an dem _______________ beteiligt waren.
drei Notdienste, die unterschiedliche Aufgaben hatten,

3 Dieser Unfallbericht ist im Verbalstil mit vielen Nebensätzen verfasst. Das ist einem solchen Bericht eigentlich unangemessen.

- Forme die Nebensätze mit den vielen Konjunktionen und Relativpronomen in einen Bericht im Nominalstil um, wie er in der Zeitung stehen könnte.

Aus *einen Schäferhund, der über die Straße lief,* wird also: *einen über die Straße laufenden Schäferhund.*

Zeitformen 1

Zeitformen

Die sechs Zeitformen der deutschen Sprache sind:
Präsens: *Ich lese gerade ein Buch.*
Perfekt: *Ich habe ein Buch gelesen.*
Präteritum: *Ich las in der letzten Woche ein Buch.*
Plusquamperfekt: *Nachdem ich das Buch gelesen hatte, …*
Futur I: *… werde ich es vielleicht noch einmal lesen.*
Futur II: *Nächste Woche werde ich das Buch ausgelesen haben.*

1 Setze im folgenden Text die Verben in den angegebenen Zeitformen ein.

Die Tochter

Präteritum: Als ich heute Morgen in der Straßenbahn (fahren) ______________,
Präteritum: (sitzen) ______________ mir eine junge Frau gegenüber.
Präsens: Plötzlich (kommen) ______________ zwei Kontrolleure
Präsens: und (lassen) ______________ sich die Tickets zeigen.
Plusquamperfekt: Nachdem die Frau ihre Handtasche (durchwühlen) ______________,
Plusquamperfekt: aber ihr Fahrschein offenbar (verschwinden) ______________,
Präteritum: (ziehen) ______________ ein Mann,
Präteritum: der neben ihr (sitzen) ______________,
Präteritum: ein Ticket aus seiner Tasche und (sagen) ______________:
Präsens: „Die junge Frau (sein) ______________ meine Tochter.
Perfekt: Ich (einstecken) __________ ihren Fahrschein versehentlich ______________."
Plusquamperfekt: Als die Kontrolleure (weitergehen) ______________,
Präteritum: (sehen) ______________ die Frau den Mann mit großen Augen an.
Präteritum: Der Mann (lächeln) ______________ und (sagen) ______________:
Präsens: „Wenn Sie morgen früh wieder (fahren) ______________,
Futur I: (sitzen) ______________ meine echte Tochter neben mir ______________,
Perfekt: die heute leider die Bahn (verpassen) ______________.
Futur II: Dann (kaufen) ______________ Sie sich hoffentlich ein eigenes Ticket ______________."
Perfekt: Ich (wundern) ______________ mich darüber ______________,
Präsens: was für nette Leute es doch (geben) ______________.

Zeitformen 2

1 Hier ist die fast gleiche Geschichte noch einmal abgedruckt.
Setze im folgenden Text die Verben nun in den Zeitformen ein, die du passend findest.
Jede der sechs Zeitformen soll aber mindestens einmal vorkommen.

Die Tochter

Heute Morgen (fahren) ________________ ich mal wieder mit der Straßenbahn ____________________________.

Mir gegenüber (sitzen) ________________ eine junge Frau und (sehen) ________________ aus dem Fenster.

Plötzlich (kommen) ____________________________ zwei Kontrolleure

und (lassen) ______________________ sich die Tickets zeigen.

Die Frau (suchen) ____________________________ in ihren Taschen,

aber (finden) ______________________ keine Fahrkarte _________________________________.

Sie (verschwinden) ________________ wohl irgendwo _____________________________________ ,

oder sie (lösen) ___________________ keine _________________________________ .

Wer (wollen) ______________________ das schon wissen?

Ein Mann, der neben ihr (sitzen) ________________ , (ziehen) ________________ ein Ticket aus der Tasche

und (sagen) ________________: „Die junge Frau (sein) ________________ meine Tochter.

Ich (einstecken) ________________ ihren Fahrschein versehentlich _________________________________."

Die Kontrolleure (denken) ________________ sicher ____________________________, dass das in Ordnung ist.

Nachdem die Kontrolleure (gehen) ____ ,

(schauen) _________________________________ die Frau den Mann mit großen Augen an.

Der Mann (lächeln) _________________________________ und (sagen) _________________________________ :

„Wenn Sie morgen früh wieder mit der Bahn (fahren) _________________________________,

dann (sitzen) ____________________________ meine echte Tochter neben mir ____________________________.

Ich hoffe, Sie (kaufen) ____________________ sich dann ein eigenes Ticket _________________________________."

Ich (wundern) ______________________ mich sehr darüber _________________________________,

was es doch für nette Leute (geben) ____________________________.

Der Konjunktiv I

INFO

Der Konjunktiv I

Der **Konjunktiv I** ist eine Form, die vor allem in der **indirekten Rede** vorkommt.
Er wird von der **Grundform** des Verbs (dem **Infinitiv**) hergeleitet:
sein → er sei, haben → sie habe, werden → sie werde, müssen→ sie müsse, geben → sie gebe …

Sie sagte: „*Ich komme.*" → *Sie sagte,* ***sie komme.***
Sie sagte: „*Ich verspreche es dir.*" → *Sie sagte,* ***sie verspreche es ihm.***
Sie sagte: „*Ich bin gekommen.*" → *Sie sagte,* ***sie sei gekommen.***
Sie sagte: „*Ich habe es dir versprochen.*" → *Sie sagte,* ***sie habe es ihm versprochen.***
Sie sagte: „*Ich werde kommen.*" → *Sie sagte,* ***sie werde kommen.***

Die indirekte Rede gibt in etwas **verkürzter** Form wieder, was jemand gesagt hat:
Direkte Rede: Er sagte zu ihr: „*Ich werde dich morgen ganz bestimmt besuchen.*"
Indirekte Rede (verkürzt): *Er sagte zu ihr, er werde sie morgen besuchen.*

1 Lies dir die folgenden Aussagen der Schülerinnen und Schüler durch:

Bei einem Besuch der Ratsherrin aus der Gemeinde brachten die Schülerinnen und Schüler bei einer Befragung folgende Wünsche vor:
Moritz sagte: „Die alte Linde auf dem Schulhof muss dringend von altem Astwerk befreit werden."
Kai ergänzte: „Der Sturm bricht immer wieder trockene Äste ab, und das gefährdet die Kinder."
Lara gab den Hinweis: „Es ist vor allem nötig, die Toiletten zu sanieren."
Paula sagte: „Eine lockere Steinplatte vor dem Eingang ist ein richtiger Stolperstein. Die muss unbedingt ausgebessert werden."
Maria fügte hinzu: „Kürzlich habe ich dort einen Unfall gehabt."
Niklas meinte: „Die Tischtennisplatte ist in einem maroden Zustand. Es muss dringend eine neue her."
Die Ratsherrin nahm die Wünsche der Schülerinnen und Schüler auf und sagte: „Ich werde die finanziellen Mittel für die Sanierung im Rat bereitstellen lassen, und ich sorge dafür, dass die Dinge in Ordnung gebracht werden."

2 Schreibe einen kurzen Zeitungsbericht über diese Befragung. Die Aussagen der Jugendlichen und der Ratsherrin sollten in indirekter Rede – und verkürzt – wiedergegeben werden. Die Namen der Sprecher brauchen dabei nicht genannt zu werden.

Befragung zur Sanierung der Heinrich-Heine-Schule

Bei einem Besuch der Ratsherrin aus der Gemeinde brachten die Schülerinnen und Schüler bei einer Befragung folgende Wünsche vor:
Die alte Linde auf dem Schulhof müsse von altem Astwerk befreit werden. Der Sturm breche trockene Äste ab, und das gefährde die Schülerinnen und Schüler. Vor allem sei nötig, …

___

___

___

___

___

Der Konjunktiv II

INFO

Der Konjunktiv II

Den **Konjunktiv II** verwenden wir, wenn wir uns etwas **vorstellen** oder **wünschen** oder wenn etwas **nicht** so geschehen ist, wie wir es uns vorgestellt haben:
Ich hätte gern einen neuen Rucksack. Dann könnte ich das alte Ding endlich wegwerfen.
Wenn ich besser aufgepasst hätte, wäre mir das nicht passiert.

Gebildet wird der Konjunktiv II aus den Formen des **Präteritums**:
Ich hatte → ich hätte, ich war → ich wäre, wir saßen → wir säßen, ich konnte → ich könnte, ich flog → ich flöge, ich ließ → ich ließe, ich nahm → ich nähme, ich lag → ich läge …

Manchmal verwendet man bei ungewöhnlichen Formen statt des Konjunktivs II auch die ***würde*-Form**:
Ich säße → ich würde sitzen, ich flöge → ich würde fliegen …

1 Schreibe in die Zeilen die Verben hinein. Manchmal müssen sie im Indikativ stehen bleiben, manchmal musst du sie in den Konjunktiv II umformen, und einmal solltest du die *würde*-Form verwenden.

Pech gehabt!

Den Anfang unserer Reise (habe) ________________ ich mir anders vorgestellt. Vielleicht (waren) ________________ wir besser mit der Bahn gefahren als mit dem Auto. So aber (war) ________________ die Fahrt eine Katastrophe, denn wir gerieten in viele Staus. Unterwegs dachte ich: Wenn es keinen Stau gegeben (hatte) ________________, (saßen) ________________ wir jetzt schon auf der Fähre und (fuhren) ________________ zur Insel Amrum ________________. Vielleicht (lag) ________________ ich sogar schon in einem Strandkorb und (ließ) ________________ mir die Sonne auf den Bauch scheinen. Oder ich (nahm) ________________ meinen Kite und (flog) ________________ über die Wellen. Das (war) ________________ ein Spaß! Aber so (kam) ________________ es leider nicht, und wir (mussten) ______________________ bis zum Abend auf die nächste Fähre warten. Wenn die wenigstens pünktlich angekommen (war) ________________! Dann (hatten) ________________ wir noch bei Licht ankommen können. Das (war) ________________ ja schön gewesen. Aber wir (hatten) ________________ Pech. Wir (mussten) ________________ im Auto übernachten, denn ein Hotel (war) ________________ zu teuer gewesen. Ich (konnte) ________________ mir vorstellen, dass wir nächstes Mal tatsächlich mit der Bahn fahren und unsere Fahrräder mitnehmen. Das (ersparte) ________________ uns manches Übel ____________________________.

Übersicht über die Satzglieder

1 Hier erhältst du noch einmal eine Übersicht über die 11 wichtigsten Satzglieder deutscher Sätze. Lies dir den Text durch und achte besonders auf die rot markierten Satzglieder.

Subjekt: (wer oder was?)	Die Läuferinnen stellten sich für die 4 x 100-Meter-Staffel am Start auf.
Prädikat (1. und 2. Teil):	Die Startläuferin der 9b holte einen kleinen Vorsprung heraus.
Gleichsetzungsnominativ: (was?)	Die Stabwechsel sind ja aber immer wieder eine spannende Angelegenheit.
Akkusativ-Objekt: (wen oder was?)	Die zweite Läuferin übernahm also den Stab.
Präpositionales Objekt: (an wen?)	Sie übergab ihn nach rasantem Lauf an die dritte Läuferin.
Dativ-Objekt: (wem?)	Der armen Pauline passierte nun aber beinahe ein Missgeschick.
Genitiv-Objekt: (wessen?)	Sie rühmte sich immer ihrer absoluten Sicherheit.
Adverbial der Zeit: (wann?)	Aber diesmal bekam sie den Stab kaum zu fassen.
Adverbial des Ortes: (wo, wohin?)	Sie musste innerhalb der Wechselmarke kurz abstoppen.
Adverbial der Art und Weise: (wie?)	Zu unsicher hatte sie zugefasst.
Adverbial des Grundes: (weswegen, warum?)	Deswegen hätte sie den Stab beinahe fallen lassen.

2 Jeder der 11 Sätze oben enthält ein Subjekt. Markiere es jeweils.

3 Vier weitere Sätze enthalten Akkusativ-Objekte. Markiere sie in einer anderen Farbe.

4 Fünf weitere Sätze enthalten Adverbiale der Zeit. Markiere auch sie.

5 Schreibe auf, wie die Bezeichnungen der Satzglieder 1–5 im folgenden letzten Satz heißen.

(1) Aufgrund der Entscheidung des Schiedsgerichtes (2) ist (3) die 9b (4) zum Sieger (5) erklärt worden.

(1) ______________________ (2) ______________________ (3) ______________________

(4) ______________________ (5) ______________________

Sätze miteinander verbinden

INFO

Satzglieder am Anfang von Sätzen

Normalerweise steht am **Anfang** eines Satzes das **Subjekt**.
In Texten ist das allerdings nicht immer so. Dort beginnt ein Satz in der Regel mit einem Satzglied, das sich auf den **vorausgehenden** Satz **bezieht**:
Wir wohnten in den Ferien in einem Haus am Meer …
Nicht: … ***Wir*** *hatten dort eine Badestelle.*
Sondern: … ← *Dort hatten* ***wir*** *eine Badestelle.*
Dadurch bekommen die Sätze in einem Text einen stärkeren **Zusammenhalt**.

1 Markiere dasjenige *schräg gedruckte Satzglied*, das jeweils in den Satz hineinpasst. Manchmal sind es zwei!
Achte auch darauf, dass du denselben Ausdruck nicht wiederholst.

Nesselquallen

In den Ferien wohnten wir in einem Haus am Meer. *Plötzlich / Dort / Deswegen* hatten wir eine Badestelle. *Von da aus / Wenig später / Von nun an* konnten wir direkt ins Wasser springen. *Allerdings / Trotzdem / Nichtsdestoweniger* war es an dieser Stelle sehr steil. *Außerdem / Auch / Allerdings* gab es dort keine Leiter. *Daher / Deswegen / Inzwischen* waren die Sprünge nicht ganz ungefährlich. Eines Tages sprang ich von oben ins Wasser. *Sogleich / Dabei / Manchmal* wurde mir eiskalt. *Außerdem / Nach kurzer Zeit / Wenig später* hatte ich mich aber an die Kälte gewöhnt. *Doch auf einmal / plötzlich / sofort* wurde mir siedend heiß. *Dennoch / In diesem Augenblick / Plötzlich* hatte ich das Gefühl, in Feuer gefallen zu sein. *So schnell wie möglich / Sofort / Da* schwamm ich wieder zurück. Am Ufer bemerkte ich, dass meine Haut feuerrot war. *Nach kurzer Zeit / Nach und nach / Wenige Augenblick später* spürte ich teuflisch brennende Schmerzen. *Davor / Danach / Jetzt* wurde mir auch noch schlecht. *Trotzdem / Da / Jetzt* wusste ich: Ich bin in Nesselquallen gefallen. *Schnellstmöglich / Inzwischen / Sogleich* rannte ich hinauf ins Haus. *Inzwischen / Auf einmal / Indessen* hatten sich die roten Stellen über den ganzen Körper ausgebreitet. Mein Vater rieb mich mit einer Salbe ein, die er extra gegen Nesselquallenstiche mitgebracht hatte. *Nach und nach / Davon / Nach einiger Zeit* gingen die Rötungen zurück. *Deswegen / Allerdings / Auch* dauerte es noch einige Tage, bis ich keine Schmerzen mehr hatte. *Nach kurzer Zeit / Nach wenigen Tagen / Bald darauf* ging ich aber wieder ins Wasser. *Immerhin / Allerdings / Dabei* sah ich mir vom Ufer aus das Wasser erst genau an. *Von nun an / Künftig / Gerade* soll mir so etwas nicht noch einmal passieren.

Satzglieder umstellen – Einen Text verbessern

Die Satzglieder am Anfang des Satzes

INFO

In Texten steht am **Anfang** oft ein **Wort** oder ein **Satzglied**,
- das die **Beziehung zum vorausgehenden Satz** herstellt:
  Janosch hatte versprochen, sie zu besuchen. Aber er ist nicht angekommen.
- oder das eine **besondere emotionale Bedeutung** hat:
  Janosch hatte versprochen, sie zu besuchen. Angekommen ist er aber nicht.

1 Im folgenden Text beginnen alle Sätze mit dem Subjekt. Das ergibt in der Regel keine Geschichte, in der die einzelnen Sätze gut zusammenhängen.
- Forme die Sätze um.
- Stelle dabei jeweils ein Satzglied an den Satzanfang, mit dem die Beziehung zum vorausgehenden Satz hergestellt wird – oder durch das der Satz eine besondere emotionale Bedeutung erhält. **Einige Satzglieder** sind bereits angegeben.

Typen wie dich!

Mary saß schwitzend über ihren Mathe-Aufgaben und wartete auf Janosch.

______________________________ versprochen, ihr dabei zu helfen.
Er hatte ihr heute Morgen noch versprochen, ihr dabei zu helfen.

______________________________ aber nicht.
Er ist aber nicht angekommen.

______________________________.
Sein Freund Freddy kam stattdessen.

______________________________ gut gebrauchen.
Sie konnte auch seine Hilfe gut gebrauchen.

______________________________ faul aufs Sofa fallen.
Freddy ließ sich aber erst einmal faul aufs Sofa fallen.

______________________________.
Er zappte von dort aus im Fernseher herum.

______________________________.
Mary schaute hilfesuchend zu ihm hinüber.

______________________________.
Freddy hat ihr aber nicht geholfen.

______________________________ rief Mary.
„Ich habe Typen wie dich besonders gern!“, rief Mary.

Sie schimpfte: ______________________________.
Sie schimpfte: „Du kannst auch zu Hause fernsehen!“

______________________________ wieder davon.
Freddy machte sich tatsächlich wieder davon.

Quellen

Texte:

Seite 12: „Was ist Nachhaltigkeit?" Nachhaltigkeit – Verantwortung und Verpflichtung für Gegenwart und Zukunft (Text verändert). Deutscher Bundestag, Berlin. https://www.bundestag.de/ausschuesse/weitere_gremien/pbne/vorstellung/was-ist-nachhaltigkeit-890694 – letzter Zugriff am 10.07.2024

Seite 13: Werte erschaffen. Werte bewahren. Zukunft gestalten. Nachhaltigkeit im deutschen Handwerk (verändert). *Zentralverband des deutschen Handwerks: Positionspapier Nachhaltigkeit im deutschen Handwerk, Juli 2020.*

Seite 14: Exzerpt: „Was ist Nachhaltigkeit?" (Text verändert). Deutscher Bundestag, Berlin. https://www.bundestag.de/ausschuesse/weitere_gremien/pbne/vorstellung/was-ist-nachhaltigkeit-890694 – letzter Zugriff am 10.07.2024

Seite 14: Exzerpt: „Positionspapier Nachhaltgkeit im deutschen Handwerk" (Text verändert). *Zentralverband des deutschen Handwerks: Positionspapier Nachhaltigkeit im deutschen Handwerk, Juli 2020*

Seite 17: Peter-Torsten Schulz: Will nichts mehr wollen (verändert). Aus: Ders.: Jeder Tag ist neu. Gedichte zum Leben. © Coppenrath Verlag. Münster 2005, Seite 43

Seite 18–19: Joseph von Eichendorff: Meeresstille. Aus: Ders.: Sämtliche Werke. Hist.-kritische Ausgabe. Hrsg. von Wilhelm Kosch. Regensburg o. J.

Seite 20: Peter Härtling: Der letzte Elefant. Aus: Ders.: Die Gedichte 1953-1987. © 1989 Luchterhand Literaturverlag GmbH. Frankfurt / Main

Seite 22: Herta Grandt: Gefangener Vogel. In: Heimatjahrbuch des Kreises Ahrweiler 16. Hrsg.: Landkreis Ahrweiler. Bad Neuenahr-Ahrweiler 1959, Seite 107

Seite 24–27: Gesa Pölert: Malins Freund. Aus: Kopfsprung. Treffen junger Autoren. Hrsg. Vom Ministerium für Schule und Weiterbildung des Landes Nordrhein-Westfalen. © 1996 Verlagsgesellschaft Ritterbach GmbH. Erftstadt, Seite 201–203

Seite 28–29: Gudrun Pausewang: Pause machen. Aus: Du, mir geht's genauso. Geschichten für junge Leute. Hrsg von Jutta Modler. © Herder & CO. Wien 1992

Seite 30: Hermann Gilhaus: Der Adler. In: Geschichten zum Nachdenken. Eine Lesebuch für Schule, Gruppe und Familie. Hrsg. von Lore Graf, Martin Lienhard und Reinhard Pertsch. Chr. Kaiser Verlag. München 1987

Seite 31–33: Federica de Cesco: Spaghetti für zwei. Aus: Dies.: Freundschaft hat viele Gesichter. Erzählungen für Kinder ab 10 Jahren. Rex Verlag. Stuttgart 1986

Seite 36–37: Jochen Steiner: Bei den Algenfarmern in Sachsen-Anhalt (verändert). Jochen Steiner: Multitalent Mikroalge – Gesund, grün, vielseitig. Südwestrundfunk, Stuttgart, 20.01.2020. https://www.swr.de/swr2/wissen/Biologie-Multitalent-Mikroalge-Gesund-gruen-vielseitig,swr2-wissen-2020-01-20-100.html – letzter Zugriff am 10.07.2024

Seite 38–39:: Der Holger Podszun: Wie heilt ein Knochenbruch? OT: Knochenbruch – Knochenheilung? (verändert). In: wirin.de. Wir in Detten GmbH. Emsdetten. o. ED. https://wirin.de/wissen-fuer-kids/8516-wie-heilt-ein-knochenbruch – letzter Zugriff am 10.07.2024

Seite 43: Zwischen Schule und Beruf: freiwillige Dienste bei Jugendlichen beliebt. Originalbeitrag von Ursula Sassen, Meine

Seite 51–55: Alle Auszüge aus: Katharina Bendixen: Taras Augen (verändert). © Mixtvision Verlag. München 2022

Seite 57–58: Matthias Zwarg: Kaviar fürs Volk (verändert). Nach: Freie Presse vom 23.04.2014. Chemnitzer Verlag und Druck GmbH & Co.KG. Chemnitz

Seite 60–61: Annette von Droste Hülshoff: Der Knabe im Moor. Aus: Gedicht aus sieben Jahrhunderten. C. C. Buchner Verlag. Bamberg 1985

Seite 62: Heinrich Heine: Die Loreley. Aus: Otfried Preußler, Heinrich Pleticha: Das große Balladenbuch. © 2000 by K. Thienemanns Verlag. Stuttgart – Wien

Seite 63: Erich Kästner: Der Handstand auf der Loreley. Aus: Deutsche Balladen. Reclam. Stuttgart 1967

Bilder:

|Alamy Stock Photo, Abingdon/Oxfordshire: Puwadol Jaturawutthichai 38.1. |Getty Images (RF), München: Dreet Production Titel; Jordan Siemens Titel. |mauritius images GmbH, Mittenwald: World Book Inc. 57.1. |Picture-Alliance GmbH, Frankfurt a.M.: ZB/Jens_Kalaene 16.1. |Roquette Klötze GmbH & Co. KG, Klötze: Photobioreaktor der Roquette Klötze GmbH & Co. KG für den Anbau von Chlorella – Mikroalgen. Chlorella-Kulturen in unterschiedlichen Wachstumsstadien. © J. Ullmann 36.1. |stock.adobe.com, Dublin: skunevski 36.2. |Timm, Stefanie / holt-huus.de, Hohen Demzin: 16.1. |Verlag Hermann Schmidt, Mainz: Ruhender Elefant aus: Werner vom Scheidt: Gelebt und geliebt: Tierbegegnungen aus 8 Jahrzehnten.
Mit 25 Graphiken des Autors. Mit einer Einleitung von Werner Hanfgarn und einem Nachwort von Berthold Roland. Verlag Hanns Krach, Mainz 1979, ISBN 3-87439-063-2 20.1. |VG BILD-KUNST, Bonn: Gies, Ludwig, Bundestagsadler, 1953. © VG Bild-Kunst, Bonn 2024 12.1. |Zentralverband des Deutschen Handwerks (ZDH), Berlin: 13.1.